V–40

PANTOMIME

DRAMATIQUE,

OU

ESSAI

SUR UN NOUVEAU GENRE

DE SPECTACLE.

A FLORENCE.

Et se trouve à PARIS; rue Dauphine,

Chez JOMBERT Fils aîné, Libraire du Roi, pour le
Génie & l'Artillerie.

1779.

PANTOMIME
DRAMATIQUE,
OU
ESSAI sur un nouveau genre de Spectacle.

AVANT-PROPOS.

Il est avantageux, dans tous les Arts, de connoître les Ouvrages que les grands maîtres qui les ont exercés, ont produits. Les Italiens ont excellé dans l'art de la Musique ; aucune des Nations de l'Europe n'en disconvient. Est-il un moyen plus sûr, pour celles qui se proposeroient d'atteindre au même degré de perfection, que la connoissance approfondie de leurs chefs-d'œuvre en ce genre.

Rappellons-nous l'état de la Musique Françoise en 1751, lorsque les Bouffons Italiens se montrerent à Paris : pauvre, monotone & timide, elle étoit circonscrite dans des limites étroites, dont elle n'osoit s'affranchir. Lorsqu'on nous eut fait entendre l'expression & la mélodie de *Pergolesi*, de *Lattila*, de *Jommelli*, & des autres grands Musiciens, le goût naquit, l'émulation s'éveilla ; l'on vit éclorre des ouvrages d'un genre presque inconnu parmi nous, ces Opéra Comiques en Musique qui obtinrent un succès assez général, pour être joués par-tout où la Langue Françoise est parlée ; & l'expérience confirma l'utilité de cette premiere leçon.

Les Parodies, les Traductions ou les imitations de quelques compositions de MM. *Piccini* & *Sacchini* étendirent encore davantage nos lumieres, & ce n'eſt pas ſans avantage & ſans un nouveau plaiſir, que nous connoiſſons aujourd'hui nombre d'excellens morceaux des Maîtres Italiens modernes ; mais l'Opéra Bouffon nous a-t-il offert tout ce qui eſt vraiment digne de nous échauffer ? Nous y avons admiré quelques Scenes de grande expreſſion ; mais que ne doit-on pas ſe promettre des efforts ſucceſſifs d'une multitude de Génies, inſpirés par des Poëmes remplis d'images & de ſentimens ; de Compoſiteurs occupés ſur des ſujets nobles & touchans, tels que ceux des belles Tragédies du célebre *Metaſtaſio* ? Notre goût ne peut s'accommoder du paſſage diſparate du ton de la farce au ton pathétique. Veut on intéreſſer fortement ? Il faut ſe renfermer dans la vérité, c'eſt-à-dire employer les accens d'une mélodie forte & grande à un genre de Poéſie noble & élevé.

La ſource de ce double intérêt eſt dans les Poëmes de Metaſtaſio. Le Poëte y a mis tout ce qu'il avoit de graces & de force ; les hommes les plus fameux y ont déployé tout ce que la Muſique comporte d'enthouſiaſme. Mais quel eſt l'Auditeur parmi nous aſſez patient pour ſupporter un Spectacle de quatre heures, dont les deux tiers ſont accordés à un Récitatif, qu'on ſoutient à peine quelques inſtans dans les Opéra Comiques ? On ne peut ſe diſſimuler que quoique ce genre burleſque (reçu d'abord avec quelque froideur) commence à jouir du ſuccès qu'il mérite, par l'excellence de la Muſique ; néanmoins le vœu général eſt que le Récitatif en ſoit autant abrégé qu'il ſera poſſible.

N'y auroit-il aucun moyen, ſinon de le ſupprimer totalement, du moins de l'abréger conſidérablement, & cependant d'attacher les airs de Muſique à un ſujet

fuivi , qui nous procurât le plaifir de connoître ce
que l'Italie a produit de plus beau , avec un Spectacle
digne de plaire à l'efprit & de toucher le cœur ? La
Pantomime , cette langue muette & commune à tous
les hommes , ne rempliroit-elle pas ces deux objets ?
On l'avoit d'abord penfé ; on avoit cru qu'elle pourroit fuppléer , & peut-être avec avantage , au Récitatif ; & que par la magnificence des tableaux , on
obvieroit au dégoût d'une Scene dialoguée longue-
ment dans un Idiome qu'on ignore.

L'idée de ce Spectacle, communiquée à plufieurs per-
fonnes , avoit paru leur plaire ; elles y entrevoyoient
une fource nouvelle d'agrémens , & avoient defiré
d'en voir un effai. Mais ce projet ayant été mis fous
les yeux d'un Homme de Lettres , dont le goût eft
connu , les objections qu'il y a faites ont paru fi
judicieufes , qu'on a cru devoir s'y foumettre &
réformer le premier plan , & qu'on penfe qu'il en
doit réfulter un Spectacle très-intéreffant. Voici ces
objections.

1°. Ne feroit-ce pas un bizarrerie finguliere qu'un
Perfonnage cenfé muet , fe mît tout à coup à chanter ;
& ne feroit-on pas tenté de lui dire , au milieu de la
Pantomime : puifque tu peux chanter , tu peux parler ;
parle donc ?

2°. C'eft le Récitatif qui conduit à l'Aria , & le
Chant ne paroîtroit-il pas brufque , fans cette pré-
paration ? Ne feroit-il pas mieux d'employer les
trois Teintes , le Difcours parlé , le Récitatif & le
Chant ? La premiere abrégeroit la longueur mono-
de la feconde ; on ne réciteroit que par-tout où le
Récitatif auroit un caractere expreffif.

3°. Les Tragédies de Métaftafe fe foutiennent à la
déclamation pure & fimple , quoique faites pour être

chantées. Pourquoi perdroient-elles de leur mérite, déclamées, récitées & chantées fucceffivement?

4°. Les Paroles chantées ont un caractere qui n'eft pas celui des Paroles récitées ; les endroits parlés en auroient un qui ne feroit ni celui du Chant, ni celui du Récitatif : l'enfemble en auroit plus de variété.

5°. Il y a des hommes & des femmes dont la voix eft harmonieufe, & dont la prononciation eft prefque modulée : c'eft un défaut à la Comédie ; ce feroit une perfection à l'Opéra, où la déclamation fe fondroit avec le Récitatif, comme le Récitatif fe fond avec le Chant. Ce feroit une Teinte foible qui conduiroit à une Teinte plus forte, qui conduiroit à une troifieme plus forte encore.

6°. Supprimer le Difcours, c'eft ôter une Teinte à l'Art ; fupprimer le Récitatif, c'eft l'appauvrir d'une feconde Teinte. Le faut de la Pantomime au Chant eft le plus brufque qu'on pût imaginer, celui du mouvement filencieux aux grands éclats de la voix. Le paffage du Récitatif au Chant, fans l'Intermede de la Symphonie, eft une hardieffe qui ne réuffit que dans les circonftances violentes, où le génie & la paffion enfreignent la regle.

7°. La paffion chante plus ou moins ; & il eft arrivé quelquefois, au Théatre Lyrique, qu'une Actrice intelligente s'eft fait applaudir en fubftituant le Difcours parlé au Récitatif. Ce n'eft donc plus une expérience qu'on doive craindre de tenter : elle a réuffi.

8°. Pourquoi réduire le Récitatif obligé à deux Teintes ? Pourquoi en exclure la Déclamation qu'il appelle à tout moment? Occupons-nous d'étendre, s'il fe peut, la Palette Lyrique.

9°. Je n'exclus la Pantomime d'aucun genre ; c'eft

une Langue commune à toutes les Nations. Le cri &
le geste se touchent. Le silence rompu par l'interjec-
tion de la douleur, ou de la joie, peut produire le
plus grand effet. Philoctete, étendu à l'entrée de sa
caverne, profere une suite d'interjections, & le Vers
qu'elles forment, n'est pas le moins pathétique de la
Piece. C'est une imitation presque rigoureuse de la
nature, qui peut ne pas frapper la premiere fois,
mais qui arrache des larmes la seconde ; la nature
finit par être toujours la plus forte.

D'après ce qu'on vient de lire, le plan proposé
s'est changé en celui d'une Pantomime déclamée,
récitée & chantée. Il convient de laisser au Musicien
le choix de ce qu'il croira devoir être déclamé ou
récité, en observant seulement qu'il paroît à propos
que les fins des Scenes soient en Récitatif chanté,
lorsqu'elles ameneront un morceau de Chant, afin
d'y conduire par une transition douce.

Le plan d'une de ces Pantomimes exécuté, elle
serviroit de cadre aux compositions de différens
Maîtres. C'est-à-dire qu'après quelques représenta-
tions, dans lesquelles on suppose qu'on auroit donné
la Musique de *Pergolese*, on donneroit successivement
celles de *Lattila*, de *Jommelli*, de *Terradellas*, de
Galuppi, de *Hasse*, de *Piccini*, d'*Anfossi*, de *Pai-
siello*, de *Sacchini*, &c. &c. Quelle source d'amuse-
mens pour les amateurs ; & quelle émulation pour
nos habiles Compositeurs ?

Un Programme avec la Traduction du peu de Paroles qu'on auroit conservées pour mettre à portée
de suivre le sujet, & pour y amener les airs de Musique, dont la connoissance est le principal but de ce
Spectacle, mettroit le Spectateur au fait des situations,
en lui laissant en même tems la faculté d'exercer sa

pénétration sur le jeu Pantomime. La Traduction la plus littérale des Paroles, des Airs, en faciliteroit l'intelligence. En peu de tems on sauroit ces Paroles par cœur, & l'on trouveroit le plus grand plaisir à juger des différentes façons dont chaque Muſicien les auroit traitées; l'un avec les accens d'une douleur gémiſſante; l'autre en peignant les cris du déſeſpoir, & nous ne tarderions pas à connoître toutes les manieres ingénieuſes de peindre le ſentiment qu'ont épuiſées ces grands génies.

Sans doute n'ayant ni des *Cafarielli*, ni des *Giciello*, il y a peu d'eſpérance d'entendre exécuter ces Morceaux, comme ils l'ont été à Rome ou à Naples; mais une Compoſition ne perd pas tout ſon mérite pour n'être pas rendue par les Chanteurs les plus parfaits : qu'on ſache ſeulement rendre le Chant avec exactitute; qu'on ne le ſurcharge pas d'une broderie, qui preſque toujours le défigure & en éteint le ſentiment, & les Amateurs ſeront ſatisfaits. On ſe contente du bien, lorſqu'on ne peut avoir le mieux.

La difficulté de recueillir la Muſique de ces Maîtres ne doit point arrêter; il y a en Italie des Amateurs qui ont raſſemblé tout ce qu'on a fait en ce genre. Il ne s'agit que de s'en procurer des copies; ce qui dans ce pays n'eſt ni difficile, ni fort coûteux.

Il eſt néceſſaire de prévenir que les Traductions qu'on trouvera dans cet Eſſai, n'ont nulle prétention à l'Elégance. Elles ont été faites à deſſein, preſque mot à mot, & uniquement pour faciliter l'intelligence des Paroles de l'Italien; les changemens que l'on s'eſt permis, ne ſont que la tranſpoſition de quelques inverſions reçues dans la Langue Italienne; mais auxquelles la nôtre ne ſe prête pas : peut-être plus littérales, & par conſéquent plus barbares pour nous, en seroient-elles encore plus utiles au Public.

Il est reçu dans la Poésie Dramatique Italienne, que tous les Personnages se tutoyent; le Fils tutoye son Pere, le Sujet son Roi; on n'a point osé suivre cet usage dans les Scenes; on l'a seulement conservé dans les Paroles des Airs, pour en donner une intelligence plus exacte.

On ne doit donc pas perdre de vue qu'on ne prétend point ici donner une Pantomime Françoise, mais simplement l'extrait d'un Poëme Italien. Le François littéral n'y est que pour ceux qui sans ce secours ne l'entendroient pas. Si l'on veut se former une idée de l'effet qui peut en résulter; qu'on se souvienne du Pigmalion de M. J. J. Rousseau. C'est la même chose en Langue Italienne.

Il est encore à observer que presque tous les Poëmes de *Metastasio* sont très propres à ce genre, & c'est sans aucun motif de prédilection, qu'on a commencé par le *Demofòonte*.

ACTEURS.

DÉMOPHON, Roi de Thrace.

DIRCÉE, mariée fecrettement à Timante.

CRÉUSE, Princeffe de Phrygie, deftinée à Timante.

TIMANTE, cru Prince héréditaire & fils de Démophon.

CHERINTE, fils de Démophon, amant de Créüfe.

MATUSIO, cru pere de Dircée.

ADRASTE, Capitaine des Gardes du Roi.

OLINTE, jeune enfant, fils de Timante.

La Scene eft dans la ville capitale de la Cherfonefe de Thrace.

DÉMOPHON,

PANTOMIME ITALIENNE DRAMATIQUE,

MÊLÉE DE DÉCLAMATION ET DE CHANT,

Extraite du DEMOFOONTE de Metaſtaſio.

ACTE PREMIER.

L A Scene repréſente un Temple; & l'ouverture en muſique peint un orage effrayant. Un chœur de Prêtres s'avance vers le Sanctuaire, le Roi & toute ſa Cour marche à leur ſuite: derriere eux vient une multitude de jeunes filles & d'autres ſpectateurs. Tous ſe proſternent pour recevoir les oracles d'Apollon, dont on voit la ſtatue élevée dans le Sanctuaire.

La volonté du Dieu s'annonce par des redoublemens d'éclairs, ſuivis de coups de Tonnerre. Un nuage deſcend, &, en s'ouvrant, laiſſe appercevoir, au moyen d'un tranſparent, ces mots écrits en lettres de feu :

D'Apollo il cenno ;	L'ordre d'Apollon
D'una Vergine illuſtre	D'une Vierge illuſtre ;
Vuol che, ſu l'are ſue	Veut que ſur ſes autels ;
Si ſparga il ſangue	On répande le ſang
Ogni anno in queſto di.	Chaque année en ce jour.

L'Aſſemblée eſt frappée de terreur; tous implo-

rent la clémence du Dieu : enfin , après quelques
coups de tonnerre , des nuages lumineux fuccedent ;
& du fein de la nue une voix dit :

Con voi del Ciel	Contre vous , du Ciel
Si plachera lo fdegno ,	La colere s'appaifera ,
Quando neto à fe fteffo	Quand l'innocent
Fia l'innocente	Ufurpateur d'un Royaume
Ufurpator d'un Regno.	Se connoîtra lui-même.

On ne comprend point cet oracle obfcur, & l'on
fe difpofe à obéir. Les Prêtres apportent l'urne du
fort. Les filles font paroître leur effroi ; les Prêtres
pénétrés de pitié leur marquent l'inévitable néceffité
de tirer, & les conduifent vers l'urne en cherchant
à leur infpirer de la réfignation.

Dans le nombre de ces Vierges eft la fille du Roi.
Il s'avance, & veut qu'elle foit exceptée ; les Prêtres
n'ofent s'y oppofer.

Matufio, l'un des Grands du Royaume, veut aufsi
retirer Dircée qu'il croit être fa fille, & fait connoître qu'il fe fonde fur l'exemple du Roi. Démophon lui repréfente l'ordre des Dieux : Matufio
s'emporte ; le Roi irrité, ordonne à fes gardes de fe
faifir de Dircée.

A cet ordre, tous fe jettent aux pieds du Roi. Le
Roi partagé entre la colere & la pitié, & cédant
aux fupplications, fort du Temple. Tous, les Prêtres,
les Vierges, les Gardes, le fuivent, & la cérémonie
eft fufpendue.

Cette Scène pantomime doit fe paffer vers le milieu de l'enfoncement du Théatre, pour faire penfer
qu'ils ont parlé, mais fans qu'on ait pu les entendre. Pour animer cette Scene, quelques fpecta-
teurs, fur le devant du Théatre, laifferont échapper,

à mesure que la Scene y donnera lieu, les paroles
suivantes, simplement parlées ou déclamées.
On suppose trois Interlocuteurs.

Premier.

D'Apollo il cenno ...	L'ordre d'Apollon
Non exclude	N'exclut point
Le Vergini Reale.	Les Vierges du Sang Royal.

Second.

I nomi loro esponga ...	Qu'il expose aussi
Anch' egli al caso ..	Leurs noms à ce hazard.

Troisieme.

All' agitar dell' urna ...	Qu'au mouvement de l'urne,
Provi egli ancor	Il éprouve aussi lui-même
D'un infelice Padre	D'un malheureux pere ....
Come palpita il cor ...	Comme palpite le cœur.

Premier.

Come si trema quando	Comme l'on tremble ! lorsque
Al temuto vaso	Le Prêtre approche sa main
La mano accosta il Sacerdo-	Du vase redouté.
te....	

Second.

. . . E quando,	. . . . Et lorsque,
In sembianza funesta,	Avec un appareil funeste,
L'estrato nome	Il s'apprête à prononcer
A pronunciar s'appresta.	Le nom sorti de l'urne.

Troisieme.

Arrossisca una volta	Qu'il rougisse une fois
Ch'abbia a toccar sempre	De n'être jamais
La parte a lui di spettator	Que le spectateur
Nelle miserie altrui.	Des miseres des autres.

SCENE PREMIERE.
MATUSIO, DIRCÉE.

DIRCÉE.

O Padre! a domandar
Che folo il mio nome
Non vegga l'urna fatale;

Altra Ragion non hai
Che il Regio efempio.

MATUSIO.

Son men' Padre del Rè?
... Ei che fi móftra
Si rigido cuftode
Delle leggi divine:
Agli altri infegni
Con l'efempio coftanza.

DIRCÉE.

. . . A' Sovrani
E fuddita la legge.

MATUSIO.

Le umane, fi,
Non le divine.
La Ragion mi diffende,
Il Ciel m'infpira.

AIR:

O piu tremar non voglio
Fra tanti affanni, e tanti;
O ancor chi preme il foglio
Hà da tremar con me.

O mon Pere, pour demander
Que mon nom feul
Ne foit point dans l'urne fa-
tale,

Vous n'avez point d'autre raifon
Que l'exemple du Roi,

Suis-je moins Pere que le Roi?
Lui qui fe montre
Si rigide obfervateur
Des loix divines:
Que par fon exemple il enfeigne
Aux autres la conftance.

Aux Souverains
La loi eft affujettie.

Les loix humaines, oui,
Mais non pas les divines,
La raifon me défend,
Le Ciel m'infpire.

Ou je ne veux plus trembler
Entre tant de chagrins,
Ou celui qui s'affied fur le trône
Aura à trembler avec moi.

Ambo fiam' Padri amanti,	Tous deux nous fommes Peres tendres,
Ed il paterno affetto,	Et l'amour paternel
Parla egualmente in petto	Parle également dans le cœur
Del fuddito è del Rè.	Du fujet & du Roi.

Ils fortent.

Le Théatre fe change en une galerie ou veftibule d'un Palais. Le Roi arrive fuivi d'une nombreufe Cour : on entend une mufique guerriere, & enfuite on voit paroître le Prince Timante entouré des principaux Officiers de l'armée & d'une foule de Soldats; il court vers le Roi, fléchit le genou devant lui, & fait dépofer à fes pieds des fceptres & des couronnes ornés de palmes & de lauriers. Les Officiers apportent des drapeaux de l'ennemi, les Soldats des cafques & des cuiraffes. Le Roi a relevé fon fils & l'a embraffé. On attache les trophées, & on en décore les lambris de cette galerie : enfin après l'accueil le plus tendre le Roi rentre dans le Palais. Timante apperçoit Dircée & vient à elle.

SCENE II.

DIRCÉE, TIMANTE.

TIMANTE.

. . . DOLCE conforte. TENDRE époufe. . .

DIRCÉE.

. . . Ah! taci . . .	Ah! ne parle point . . .
Potrebbe udir alcun . . .	Quelqu'un pourroit entendre.
Rammenta, o caro! . . .	Reffouviens-toi, ô mon cher! . .

TIMANTE.

Non temer . . .	Ne crains point,
Alcun non ode . . .	Personne n'entend . . .
Ed il picciolo Olinto,	Et le petit Olinte,
Il caro pegno	Ce cher gage
De' nostri casti amori ? . . .	De nos chastes amours ?

DIRCÉE.

Cresce in bellezza.	Il croît en beauté.

TIMANTE.

Ah dov 'è ? Sposa amata,	Ah ! où est-il ? Epouse adorée,
Guidami à lui ;	Guide-moi vers lui,
Fa ch'io lo vegga.	Fais que je le voie.

Une suivante & quelques autres femmes leur amenent un jeune enfant qu'ils carressent tous deux, en marquant toujours l'inquiétude où ils sont d'être vus ; ce que manifeste encore l'attention de ces femmes à regarder de tous les côtés.

DIRCÉE.

Oh ! quanta pena	Oh ! quelle peine !
Costa il nostro segreto.	Nous coûte notre secret !

TIMANTE.

. . . . Jo voglio	Je veux aujourd'hui
Cercare oggi una via	Chercher une voie
D'uscir di tante angustie.	Pour sortir de tant de chagrins.

DIRCÉE.

. . . Oggi sovrasta	Aujourd'hui il nous survient
Altra angustia maggiore,	Un chagrin plus grand encore,
Il giorno è questo	Ce jour est celui
Del sacrifizio....	Du sacrifice.

Il

Il mio nome	Mon nom
Sara expofto alla forte.	Sera expofé au fort.
Il Ré lo vuole	Le Roi le veut,
S'oppone il Padre. . .	Mon Pere s'y oppofe. . .

TIMANTE.

E noto forfe al Padre tuo,	Peut-être eft-il connu de ton Pere,
Che fei mia fpofa.	Que tu es mon époufe,

DIRCÉE.

Il Cielo nol' voglia mai	Le Ciel ne le veuille jamais !
. . . La morte	La mort n'eft point
I mio fpavento non è.	Le fujet de mon épouvante,
Dircea fapprebbe	Dircée fauroit
Per la Patria morir ;	Mourir pour la Patrie ;
Ma Febo chiede	Mais Phébus demande
D'una vergine il fangue:	Le fang d'une vierge ,
Jo moglie & madre	Moi, femme & mere,
Come accoftarmi	Comment m'approcher
All' ara ?	De l'autel ?
Il Ciel fe taccio ;	J'offenfe le Ciel
Il Rè fe parlo ,	Si je me tais, & le Roi
Offendo.	Si je parle.

TIMANTE.

Al Rè , conviene	Au Roi , il convient
Scoprir l'arcano.	De découvrir le fecret,

DIRCÉE.

E la funefta legge	Et la loi funefte
Che à morir mi condamna !	Qui me condamne à mourir !

B

TIMANTE.

Un Rè la fcriffe ,	Un Roi l'a écrite ,
Puo rivocarla un Rè.	Un Roi peut la révoquer ;
Demofoonte è Padre ,	Démophon eft Pere ,
Ed io fon Figlio.	Et je fuis fon Fils.
Qual forza han' quefti nomi !	Quelle force ont ces noms ?
Io lo fo ; tu lo fai.	Je le fais ; tu le fais auffi.
Lafcia la cura a me	Laiffe moi le foin
Del tuo deftin.	De ton deftin.

AIR:

DIRCÉE.

In te fpero , ô Spofo amato !	J'efpere en toi , ô Epoux aimé ;
Fido à te la forte mia ;	Je te confie mon fort ,
E per te , qualunque fia,	Et pour toi , quel qu'il foit ;
Sempre cara a me fara;	Il me fera toujours cher ;
Pur che a me , nel morir mio	Pourvu qu'en mourant
Il piacer non fia negato	Il ne me foit point refufé
Di vantar che tua fon' io,	De me vanter d'être à toi ,
Il morir mi piacera.	La mort me plaira.

Elle fort.

SCENE III.

DÉMOPHON, TIMANTE,

DÉMOPHON.

. . . I tuoi trionphi,	. . . T es triomphes ;
E perchè mie conquifte,	Et parce qu'ils font mes conquêtes ,
E perche tuoi,	Et parce qu'ils font les tiens ,
Sempre cari mi fon.	Me font toujours chers.

I tuoi fudori ormai	Tes fatigues déformais
Di ripofo han bifogno.	Ont befoin de repos.
Io ti leggo nell' alma ;	Je lis dans ton ame ,
E quel che taci	Et ce que tu me tais ;
Intendo ancor.	Je l'entends.
Con la fpofa al fianco	Tu voudrois déformais
Vorrefti ormai	Que l'Empire te vit
Che ti vedeffe il Regno.	Avec une Epoufe auprès de toi.

TIMANTE.

[Certo ei fcoperfe il nodo]   [Certes il a découvert le nœud].

DÉMOPHON.

Il tuo minor germano	Ton fecond Frere
la condurrà .	La conduira ;
V'è per mio cenno al porto	Il eft par mon ordre au port
Chi ne attende l'arrivo.	Qui en attend l'arrivée.

TIMANTE.

. . . . Al Porto !   . . . . Au port !

DÉMOPHON.

E quando vegga apparir	Et quand il verra paroître
La fofpirata nave ,	Le navire defiré ,
Avvertiti faremo.	Nous ferons avertis.

TIMANTE.

. . . Qual nave ?   . . . . Quel navire ?

DÉMOPHON.

. . . Quella	. . . . . Celui
Che la Real Creufa	Qui conduit aux noces
Conduce alle nozze.	La Princeffe Crëüfe.

TIMANTE.

. . . Credei . . .   . J'ai cru . .

[O error funefto]!   [O erreur funefte].

B ij

DÉMOPHON.

Una conforte altrove	Je ne trouve point ailleurs
Che fuddita non fia,	Une Epoufe pour toi
Per te non trovo.	Qui ne foit point Sujette.

TIMANTE.

O fuddita, o Sovrana,	Ou Sujette, ou Souveraine
Che importa, o Padre?	Qu'importe, ô mon Pere?

DÉMOPHON.

Ah, no! troppo degli avi	Ah non; les Ombres
Ne arrofcirebbon' l'ombre.	De nos aïeux en rougiroient;

ADRASTE.

Signor, giungono in porto	Seigneurs, les navires Phry-
	giens
Le Frigie navi,	Arrivent dans le port.

DÉMOPHON.

Ad incontrar la Spofa	Vole, ô Timante,
Vola, ô Timante.	Au devant de ton Epoufe.

TIMANTE.

Ferma... Senti...	Arrêtez... Ecoutez...

DÉMOPHON.

... Che brami?	Que defires-tu?

TIMANTE.

Confeffarti... (che fo?]	Vous confeffer... [que fais-je]
Chiederi... [ô Dio]	Vous demander... [ô Dieu]!
Che anguftia è quefta?	Quelle peine!...

DÉMOPHON.

Prince, ormai non ci refta	Prince, déformais il ne refte
Piu luogo al pentimento.	Plus lieu au repentir.

E ftretto il nodo.	Le nœud eft ferré;
Io l'ho promeffo.	Je l'ai promis.
It confervar la fede	Conferver fa foi
Obbligo neceffario	Eft une obligation de néceffité
E' di chi regna ;	A quiconque regne :
E la neceffita	Et la néceffité
Gran cofe infegna.	Enfeigne de grandes chofes.

AIR.

Per lei fra l'armi dorme il guerriero,	Par elle le Guerrier dort au milieu des armes ;
Per lei fra l'onde canta il nocchiero ;	Par elle le Nocher chante fur les ondes ;
Per lei la morte terror non ha.	Par elle la mort n'imprime plus de terreur.
Fin le piu timide belve fugaci,	Jufqu'aux animaux les plus timides
Valor dimoftrano , fi fanno audaci ,	Montrent de la valeur , deviennent audacieux ,
Quand' è il combattere neceffita.	Lorfque la néceffité les force à combattre.

Il fort.

SCENE IV.

TIMANTE *feul.*

M'OPPRESSE il colpo a fegno	CE coup m'oppreffe à tel point
Che il cor mancommi,	Que le cœur me manque ,
E fi fmarri l'ingegno.	Et que mon efprit fe trouble.

AIR.

Sperai vicino il Lido ;	J'efpérois être voifin du rivage;

B iij

Credei calmato il vento ;	Je croyois le vent calmé ;
Ma trafportar mi fento.	Mais je me fens tranfporter
Fra le tempefte ancor.	Au milieu des tempêtes encore.
E da un fcoglio infido.	Et d'un écueil perfide,
Mentre Salvar mi voglio,	Tandis que je veux me fauver,
Urto in un altro fcoglio	Je heurte dans un autre écueil
Del primo affai peggior.	Pire encore que le premier.

Le Théatre change & préfente un Port de mer, orné comme pour une fête, à caufe de l'arrivée de Créüfe, Princeffe de Phrygie, appellée à époufer le Prince Timante. On voit débarquer la Princeffe, précédée de plufieurs inftrumens Barbarefques. Un nombreux cortege defcend de plufieurs vaiffeaux : ces Etrangers font accueillis avec empreffement par les Habitans du Pays.

SCENE V.

CRÉUSE, CHERINTE.

CRÉUSE.

MA che ta'ffanna, O Prence ?	MAis qui vous afflige, O Prince ?

CHERINTE.

: : : Io de viventi Sono il piu infelice.	.... Des mortels Je fuis le plus malheureux.

CRÉUSE.

: . . E quefto arcano Non puo fvelarfi a me ?	.... Et ce fecret Ne peut m'être dévoilé ?

CHERINTE.

E vuoi ch'io parli ?	Vous voulez que je parle,

Ubbidirò.. Oh Dio! no....	J'obéirai .... oh Dieu! non ..
Meglio è tacer.....	Il vaut mieux taire....
Meriterei forfe	Je mériterois peut-être
Lo fdegno tuo.	Votre indignation.

CRÉUSE.

... Lo merta affai	.... Votre défiance
Gia la tua diffidenza.	Ne la mérite que trop.

CHERINTE.

Parlero ; non fdegnarti.	Je parlerai;ne vous irritez point.
Il tuo bel volto adoro ;	J'adore votre beauté...
So che l'adoro in vano,	Je fais que je l'adore en vain.
E mi fento morir.	Et je me fens mourir.

CRÉUSE.

... Che ardir !	... Quelle témérité ;
Sperai, Cherinto ,	Chérinte ! j'efpérois
Piu rifpetto di te.	De vous plus de refpect.

CHERINTE.

... Colpa d'amore.	C'eft la faute de l'Amour :
Doveva il Padre	Mon Pere devoit,
Per condurti a Timante ,	Pour vous conduire à Timante ;
Altri fceglier' che me :	Choifir d'autres que moi :
A te fpiegar credei	J'ai cru vous expliquer
Gli affetti del german,	Les fentimens de mon frere ,
Spiegando i miei.	Et j'expliquois les miens.

CRÉUSE.

... Mai piu d'amore	.... Gardez-vous
Guarda di non parlarmi,	De me parler jamais d'amour...
Non comparirmi innanzi.	Ne paroiffez plus devant moi.

AIR:

CHERINTE.

T'intendo, ingrata ,	Je t'entends, ingrate,

B iv

Vuoi ch'io m'uccida ;	Tu veux que je me tue ;
Sarai contenta,	Tu seras contente,
M'ucciderò.	Je me tuerai :
Ma ti rammenta	Mais ressouviens-toi
Che a un' alma fida ;	Qu'à un cœur fidele ;
L'averti amata	Pour t'avoir aimé,
Troppo costò.	Il en a trop coûté.

Il veut partir.

CRÉUSE.

Ferma.	. . . . Arrêtez.

CHERINTE.

No, no, troppo t'offende	Non, non, ma présence
La mia presenza.	Vous offense trop.

CRÉUSE.

Ah Prence ! Ah quanto	Ah Prince ! Ah combien
Mal mi conosci !	Vous me connoissez mal !
[Ah ! che fo ?] . . Parti,	[Ah, que fais-je] ? . . Partez.

CRÉUSE.

Ecco il germano. . . .	Voici mon frere. . .

SCENE VI.

CRÉUSE, TIMANTE, CHERINTE.

TIMANTE.

DIMMI, Cherinto, &	DIS-MOI, Cherinte, est-ce là
questa	
La Frigia Principessa ?	La Princesse de Phrygie ?

CHERINTE.

Appunto.	. . . . . C'est elle.

TIMANTE.

. . . Donna Real,	. . . . Princesse,
I nostri Genitori	Nos Peres ont formé
Fra noi strinsero un nodo,	Entre nous un nœud
Che forse a te dispiace,	Qui peut-être vous déplaît ;
Ch'io non richiesi.	Que je n'ai point demandé,
I pregi tuoi Reali,	. . . . Vos mérites,
Sarian degni d'un nume	Trop dignes de moi,
Non che di me ;	Le seroient même d'un Dieu ;
Ma il mio destin non vuole	Mais mon destin ne veut pas
Ch'io possa esserti sposo,	Que je puisse être votre Epoux ;
Un vi si oppone	Un obstacle insurmontable
Invincibil riparo.	S'y oppose.
Il Padre mio nól sa,	Mon Pere l'ignore,
Ne posso dirlo.	Et je ne puis le dire.
A te conviene	Il vous convient
Prevenire un rifiuto.	De prévenir un refus ;
Rifiutami tu :	Refusez-moi vous-même ;
Dì ch'io ti dispiaccio,	Dites que je vous déplaît :
Sprezzami, e salva	Méprisez-moi, & sauvez
Per questa via	Par ce moyen,
Che il mio dover t'addita,	Que mon devoir vous indique ;
L'onor tuo, la mia pace,	Votre honneur, mon repos,
E la mia vita.	Et ma vie.

Il fort.

CRÉUSE.

Numi ! a Creusa !	. . . Dieux ! à Créüse !
Alla Reale erede	A l'héritiere
Dello Scettro di Frigia ;	Du Sceptre de Phrygie,
Un tale oltragio !	Un tel outrage !
Cherinto, hai cor ?	Cherinte, as-tu du courage ?
Il cor, la mano, lo Scettro,	Le cœur, la main, le Sceptre ;
Quanto possiedo, è tuo.	Tout ce que je possede est à toi.

CHERINTE.

. . . E chè vorresti ?　　　Et que voudriez-vous ?

CRÉUSE.

. . . . Il Sangue　　　. . . . . . Le sang
Dell' audace Timante.　　De l'audacieux Timante.

CHERINTE.

. . . Del mio german ?　　. . . De mon Frere !

CRÉUSE.

. . . . Impallidisci　　. . . . Tu pâlis ;
Del tuo amor mi vergogno.　Je rougis de ton amour.
O falso, o vero.　　　Ou faux, ou vrai.

AIR:

Non curo l'affetto　　　Je ne prise point l'affection
D'un timido Amante,　　D'un timide Amant,
Che serba nel petto　　Qui conserve dans le cœur
Si poco valor ;　　　Si peu de valeur ;
Che trema, se deve　　Qui tremble, s'il doit
Far uso del brando ;　　Faire usage de l'épée ;
Ch'è audace sol quando　Qui est audacieux seulement
Si parla d'amor.　　　Quand on parle d'amour.

SCENE VII.

CHERINTE seul.

Nelle fratelle vene !　　Dans le sang fraternel !
Gelo d'orror.　　　Je frémis d'horreur.
Con qual fierezza !　　Avec quelle fierté ! . . .
E pur quella fierezza　Et pourtant cette fierté
　　M'alleta.　　　　Me plaît.
Un non so che di grande　Un je ne sais quoi de grand
Stupir mi fa,　　　M'étonne,

Mi fa languir d'amore.	Me fait languir d'amour.

AIR:

Il suo leggiadro viso	Son charmant visage
Non perde mai beltà,	Ne perd jamais la beauté ;
Bello nella pietà,	Beau dans la tendresse ,
Bello è nell'ira.	Il est beau dans la colere.
Quand' apre i labbri al riso,	Quand ses levres s'ouvrent au fourire ,
Parmi la Dea del mar ;	Elle me paroît la Déesse de la mer ;
E Pallade mi par,	Et me semble Pallas ,
Quando s'addira.	Quand elle s'irrite.

Il sort.

SCENE VIII.

MATUSIO, DIRCÉE, TIMANTE *survient.*

MATUSIO.

ATTENDIMI . . .	ATTENDS-MOI,
Un legno volo a cercar	Je vole chercher un vaisseau
Che ne trasporti altrove.	Qui nous transporte ailleurs,

DIRCÉE.

Ah d'ove	Ah ! où veut-il
Vuol condurmi . . .	Me conduire ?
Figlio innocente !	Fils innocent !
Adorato conforte !	Epoux adoré !

TIMANTE.

Dircea, mia vita . . .	Dircée, . . ma vie . . .

DIRCÉE.

Ah ! caro sposo , addio ,	Ah ! cher Epoux , adieu ;
E addio per sempre.	Et adieu pour toujours.

TIMANTE.

Ah ! nelle vene il fangue   . . . Ah ! tout mon fang
Gelar mi fai. . .   Se glace dans mes veines,

MATUSIO.

. . . Dircea , t'affretta.   . . . Dircée , hâte toi.

TIMANTE.

. . . Dall'urna   Peut-être fon nom
Forfe il fuo nome ufcì ?   Eft forti de l'Urne ?

MATUSIO.

No ; ma l'ingiufto tuo Padre   Non , mais ton injufte Pere
Vuol quell' innocente uccifa   Veut que cette innocente pé-
                                    riffe
Senza il voto del cafo. . .   Sans le vœu du fort.

TIMANTE.

. . . E perchè   . . . . Et pourquoi
Tanto fdegno con lei ?   Tant d'indignation contr'elle ?

MATUSIO.

. . . Per punir me,   . . . Pour me punir,
Perche l'amor paterno   Parce que l'amour paternel
Mi fe' fcordar   M'a fait oublier
D'effer Vaffallo.   Que je fuis fon Sujet.

DIRCÉE.

. . . . . Oh Dio !   . . . . . Oh Dieu !

TIMANTE.

Non temer ; barbaro tanto   Ne crains point ;
Il Rè non è.   Le Roi n'eft point fi barbare,

SCENE IX.

ADRASTE, *suivi des Gardes du Roi, & les Acteurs précédens :*
les Gardes entourent Dircée.

ADRASTE.

ᴄ ᴄ . Custodite Dircea. . . . . Gardez Dircée.

DIRCÉE.

ᴄ . . . . Misera me !   Que je suis malheureuse ! . .

TIMANTE.

ᴄ ᴄ . Per qual cagione   . . . . Pour quelle cause
E Dircea prigioniera.   Dircée est-elle prisonniere ?

ADRASTE.

ᴄ . . Il Rè l'impone.   ᴄ . . . . Le Roi l'ordonne.

DIRCÉE.

ᴄ ᴄ . Principe !.. Padre!.. . . . Prince !.. mon Pere !

TIMANTE.

ᴄ ᴄ . Non fia vero ...   . . . Cela ne sera point:

MATUSIO.

ᴄ . ᴄ Non sofrirò ...   Je ne souffrirai point.

Ils sont entourés par les Gardes.

TIMANTE.

ᴄ ᴄ ᴄ . Empio !   ᴄ . . . . Impitoyable!

MATUSIO.

ᴄ ᴄ . . Inumano !..   . . . . Inhumain!.

ADRASTE.

Il comando Sovrano   L'ordre souverain
Mi giustifica assai.   Me justifie assez.

T'affretta, fono vane,	Hâtes-toi, ô Dircée,
O Dircea, le tue querele.	Tes plaintes font vaines.

DIRCÉE.

.... Vengo...	..... Je vais...

TIMANTE & MATUSIO.

Ah! Barbaro.	Ah! Barbare.

ADRASTE.

.... Ola.	Arrêtez.

TIMANTE & MATUSIO.

Ferma crudele.	Arrête, cruel.

AIR:

DIRCÉE.

Padre, perdona.. oh pene!	Mon Pere, pardonne..ô douleur!
Prence rammenta... Oh Dio!	Prince, ressouviens-toi.. ô Dieu!
[Gia che morir degg'io	[Puifque je dois mourir,
Poteffi almen parlar]?	Que ne puis-je au moins parler].
Mifera, in che peccai?	Malheureufe! En quoi ai-je péché?
Come fon giunta mai	Comment fuis-je arrivée
De' Numi á queftó fegno	A mériter la colere des Dieux
Lo fdegno a meritar?	A un tel degré.

Les Gardes emmenent Dircée.

SCENE X.
MATUSIO, TIMANTE.

MATUSIO.

.... NÈ s'apre il fuolo?..	ET la terre ne s'ouvre pas!
Nè un fulmine punifce!..	Et un foudre ne punit pas...

TIMANTE.

Vedi ov' è condotta;	. . . Vois où on la conduit;
Il Padre, io volo	Je vole cependant
Intanto à raddolcir.	Adoucir mon Pere.

MATUSIO.

. . . . Non spero . . .	Je n'espere pas. . .

TIMANTE.

Troverassi altra via	On trouvera d'autres voies
Di salvarla, ove non ceda	Pour la sauver, si l'indignation
Del Genitor lo sdegno.	De mon Pere ne cede pas.

MATUSIO.

Oh di Padre miglior	Oh Fils ! bien digne
Figlio ben degno !	D'un meilleur Pere.

Matusio sort.

AIR:

Se ardire, e speranza	Si le courage & l'espérance
Dal Ciel non mi viene,	Ne me viennent du Ciel,
Mi manca costanza,	La constance me manque
Per tanto dolor.	Pour tant de douleur.
La dolce compagna	Se voir ravir
Vedersi rapire ;	Sa douce compagne ;
Udir che si lagna	Entendre qu'elle gémit ;
Condotta à morire ;	Conduite à la mort,
Son' smanie, son' pene	Ce sont fureurs, ce sont peines
Che opprimono un cor.	Qui oppriment un cœur.

On voit passer dans le fond un grouppe de plusieurs Officiers, de ceux qui ont accompagné Timante. A la vue de son désespoir, ils lui offrent leurs secours, & le suivent dans le Palais, où il rentre.

Fin du premier Acte.

ACTE SECOND.

Le Théatre change, & repréſente cette partie du Palais où l'on voit les trophées. Dans le fond c'eſt un Port; ce ſont des Matelots qui s'agitent comme pour un départ que la Princeſſe Créuſe ordonne.

SCENE PREMIERE.

DÉMOPHON, CRÉUSE.

DÉMOPHON.

Non parlarmi
A favor di Dircea.. Il Padre,
Il temerario offeſe
Troppo il Real decoro.

Ne me parlez point
En faveur de Dircée.. Son Pere;
Le téméraire, a trop offenſé
La dignité Royale.

CRÉUSE.

Le mie preghiere
Son per me ſteſſa.

Mes prieres
Sont pour moi-même.

DÉMOPHON.

E che vorreſti ?

Et que voudriez-vons ?

CRÉUSE.

In Frigia
Subito ritornar.

En Phrygie
Retourner promptement.

DÉMOPHON.

Che dici ? Ah quai ſoſpetti !

Que dites-vous? Quels ſoupçons!

CRÉUSE.

E il Prence.
Al fine bramo partir.

C'eſt le Prince qui
Enfin je deſire de partir.

DÉMOPHON.

DÉMOPHON.

.... Ma lo vedesti?   Mais l'avez-vous vu ?

CRÉUSE.

..... Il vidi.   .... Je l'ai vu.

DÉMOPHON.

..... Ti parlo' ?   .... Vous a-t-il parlé ?

CRÉUSE.

Al roffor d'un rifiuto	Mes pareilles ne s'expofent
Una mia pari non s'efpone.	point à la honte d'un refus.

DÉMOPHON.

Rifuto ! ... la mano	Un refus ! En ce jour
In quefto giorno	Mon Fils vous donnera la main.
Il Figlio a te dara.	J'en engage ma foi Royale,
La mia ne impegno fede	Et fi l'audacieux
Reale,	
E fe l'audace ardiffe	Ofoit y répugner.
Di repugnar . . .	. . . .

CRÉUSE.

Accetto la tua promeffa.   J'accepte ta promeffe.

AIR:

Tu fai chi fon , tu fai	Tu fais qui je fuis , tu fais
Quel ch'al mio onor con-	Ce qui convient à mon honneur;
viene ;	
Penfaci. E s'altro avviene	Penfes-y. Et s'il en arrive autre-
	ment ,
Non ti lagnar di me.	Ne te plains point de moi.
Tu Re , Tu Padre fei ;	Tu es Roi, tu es Pere ,
Ed obbliar non dei	Et tu ne dois point oublier
Come comandá un Padre,	Comme commande un Pere ;
Come punifce un Re.	Comment punit un Roi.

Elle fort.

C

SCENE II.

DÉMOPHON, TIMANTE.

TIMANTE.

Mio Rè ! mio Genitor !	O mon Roi ! mon Père !
Grazia, perdono, pietà.	Grace, pardon, ayez quelque pitié.

DÉMOPHON.

. . . . . Per chi?	. . . . . Pour qui?

TIMANTE.

Per l'infelice Figlia	Pour la malheureuse Fille
Dell'afflitto Matusio.	De l'affligé Matusio.

DÉMOPHON.

Se l'amor mio t'è caro,	Si mon amitié t'est chere,
Questa impresa abbandona.	Abandonne cette entreprise.

TIMANTE.

Ah ! Padre amato ! . . .	Ah ! Pere chéri !
. . . . Misera ! . . .	. . . . . Infortunée !
Io solo parlo per lei . . .	Seul je parle pour elle.
Sarebbe, oh Dio !	Ce seroit, ô Dieu !
Troppa inumanita,	Trop d'inhumanité,
Nel fior degli anni suoi, . .	Dans la fleur de ses années,
Su l'are atroci . . .	Sur ces Autels atroces . . .
Vederle a rivi	Voir couler
Sgorgar tiepido il sangue	De son tendre sein
Dal molle sen ; . .	Des ruisseaux de sang.
Dal moribondo labbro	De ses mourantes levres
Udir gli ultimi accenti ; . .	Entendre les derniers accens,
I moti estremi	Les derniers mouvemens

Degli occhi tuoi. . . | De ses yeux. . . .
O Padre!.. tu impallidisci! | O mon Pere!.. vous pâlissez!
E questo un moto di pieta. | C'est un mouvement de pitié.
Io dal tuo piè | Je ne quitterai jamais
Non partirò giammai. | Vos génoux.

DÉMOPHON.

[Oh sommi Dei]!.. sorgi. | [Oh Dieux puissans]! Leves-toi
. . . Queste eccesive | Ces excessives
Violenti premure . . . | Et violentes sollicitations...
L'ami tu forse?. . . | . . . Tu l'aimes peut-être?

TIMANTE.

In vano farei studio | En vain je m'étudierois
A celarlo. | À le cacher.

DÉMOPHON.

. . . E che pretendi? | Et que prétends-tu?
Che per tua sposa forse | Que pour Epouse peut-être
Una Vassalla io ti conceda? | Je t'accorde une Vassale?
Ah! se potessi | Ah! si je pouvois
Imaginarmi!. . . | L'imaginer!...

TIMANTE.

. . . Io chiedo | . . . Je demande
Che viva solo. . . | Seulement qu'elle vive.

DÉMOPHON.

. . . Nella Real Creusa | Dans la Princesse Créüse
Rispetta la mia scelta. | Respecte mon choix.

TIMANTE.

. . . Oh Dio! | . . . Oh Dieu!

DÉMOPHON.

Adempi, o Figlio, | Remplis, ô mon Fils,

I tuoi doveri, ei miei . . .   Tes devoirs & les miens.

TIMANTE.

. . . Non poſſo . . .   . Je ne puis.

DÉMOPHON.

Da Padre ti parlai,   Je t'ai parlé en Pere,
Non obbligarmi   Ne m'oblige point
A parlarti da Rè . . .   A te parler en Roi.

TIMANTE.

Amor forza non ſoffre.   L'amour ne ſouffre point de
              violence.

DÉMOPHON.

. . . Io coſì voglio   . . . Je le veux ainſi.

TIMANTE.

. . . Ed io non poſſo.   Et je ne le puis . . .

DÉMOPHON.

Audace! . .   Audacieux! . . .
. . Non ſai ? . . .   Ne ſais-tu pas ? . .

TIMANTE.

Lo ſo, vorrai punirmi . . .   Je le ſais, vous voudrez me
              punir.

DÉMOPHON.

E voglio che in Dircea   Et je veux qu'en Dircée
S'incominci in tuo caſtigo.   Commence ton châtiment.

TIMANTE.

. . . A un paſſo eſtremo   A une démarche extrême
Non coſtringermi, ô Padre!   Ne me contraignez pas, ô mon
              Pere!

Io mi proteſto . . . farei . . .   Je le proteſte, . . je ferois . . .

DÉMOPHON.

Che farefti, ingrato ?   Que ferois-tu, ingrat ?

TIMANTE.

Tutto quel che farebbe   Tout ce que feroit
Un difperato.   Un défefpéré.

AIR:

Prudente mi chièdi ;   Tu me demandes prudent ;
Mi brami innocente ;   Tu me defires innocent ;
Lo fenti, lo vedi ;   Tu l'entends, tu le vois ;
Dipende dà te.   Il dépend de toi.
Di lei, per cui peno,   Si je penfe au péril
Se penfo al periglio ,   De celle pour qui je fouffre ;
Tal fmania ho nel feno,   J'ai dans le fein une telle fureur ;
Tal benda ho ful ciglio ,   J'ai un tel bandeau fur les yeux,
Che l'alma di freno   Que mon ame n'eft plus
Capace non è.   Capable d'aucun frein.

Il fort.

SCENE III.

DÉMOPHON, feul:

IL Suddito fuperbo,   LE Sujet fuperbe ,
Il Figlio audace,   Le Fils audacieux ,
Tutti fcuotono il freno.   Tous fecouent le frein.
. . . Cuftodi, Dircea   Gardes . . . que Dircée
Si tragga al fagrifizio.   Soit traînée au facrifice.
È neceffario al regno   L'himen avec Créüfe
L'imeneo con Creufa.   Eft néceffaire à l'Etat.
Quando al pubblico giova ,   C'eft un confeil prudent
È configlio prudente.   Que la perte d'un feul ,

C iij

La perdita d'un folo,
Anche innocente.

Encore qu'innocent,
Quand elle fert au Public.

AIR.

Se tronca un ramo, un fiore
L'Agricoltor cofì,
Vuol che la Pianta un dì
Crefca piu bella.
Tutta, farebbe errore,
Lafciarla inaridir
Per troppo cuftodir.
Parte di quella.

Si l'Agriculteur retranche
Un rameau, une fleur,
Il veut que la plante un jour,
Croiffe plus belle.
Ce feroit une erreur
Que la laiffer deffécher,
Pour trop en conferver
Quelque partie.

Il fort.

SCENE IV.

TIMANTE, MATUSIO.

MATUSIO.

L'UNICA fperanza

L'UNIQUE efpérance.

TIMANTE.

È nella fuga.
Un agil legno,
Sollecita provedi ;
Io con Dircea fra poco,
A te verrò . . . .

. . . Eft dans la fuite.
Pourvois-toi promptement
D'un vaiffeau léger ;
Dans peu avec Dircée.
Je viendrai à toi . . .

MATUSIO.

. . . Ma de' cuftodi fuoi. . .

. . . Mais de fes gardes . . .

TIMANTE.

. . . Ignota via v'è
Chi m'apre al Albergo
Ove ella è chiufa.

Il eft une voie ignorée,
Qui m'ouvre l'accès au lieu,
Où elle eft enfermée.

AIR:

MATUSIO.

È soccorſo d'incognita mano,	C'eſt le ſecours d'une main inconnue
Quella brama che l'alma t'accende ;	Qui allume ce deſir dans ton ame ;
Qualque Nume pietoſo ti fa.	Quelque Dieu te rend compatiſſant.
Dall' eſempio d'un Padre inumano,	De l'exemple d'un Pere inhumain.
Non s'apprende ſi bella pieta.	On n'apprend pas une ſi noble pitié.

Il ſort.

SCENE V.

Dircée, entourée de ſes Gardes & des Prêtres qui ſont venus la chercher, traverſe la Galerie ou Portique.

TIMANTE, & enſuite DIRCÉE.

. . . MA, chi s'appreſſa ? . . .	. . . MAIS, qui s'approche ?
. . . Veggo i Cuſtodi . . .	. . . Je vo s les Gardes. . .
Ancor ſacri Miniſtri ;	Et auſſi les Miniſtres ſacrés . .
E in bianche ſpoglie. . .	Et en vêtemens blancs . . .
Miſero me ! La Spoſa ! . .	Malheureux ! Mon Epouſe !
. . . . . Oh Dio ! . .	. . . . . O Dieu !

DIRCÉE.

Al fine ecco l'ora fatale,	Enfin voici l'heure fatale ;
Ecco l' eſtremo iſtante	Voici le dernier inſtant
Ch'io ti veggo.	Que je te vois,
Ah Prence ! . . Ah queſto !	Ah Prince . . . ah !
È pur l'amaro paſſo !	Que ce pas eſt amer !

C iv

TIMANTE.

E come ! Il Padre ...	Et comment ! mon Pere ...

DIRCÉE.

... Mi vuol morta a mo-menti.	Veut que je meure en ce mo-ment.

TIMANTE.

... In fin ch'io vivo ...	... Tant que je vis ...

DIRCÉE.

Che fai ? Sol contro tanti,	Que fais tu ? Seul contre tant,
In vano difendi me ;	En vain tu me défends ;
Perdi te steffo.	Tu te perds toi-même.

TIMANTE.

.... È vero ;	.... Il est vrai ;
Miglior via prenderò ;	Je prendrai une meilleure voje ;
Va pure al Tempio,	Vas cependant au Temple,
Sarò prima di tè.	J'y serai avant toi.

Il sort.

DIRCÉE.

.... S'ei pur si perde	.... S'il se perd,
Chi avrà cura del Figlio ?	Qui aura soin de notre enfant ?
Mi mancava il tormento	Il me manquoit le tourment
Di tremar per lo Sposo.	De trembler pour mon Epoux.

SCENE VI.

DIRCÉE, CRÉUSE.

DIRCÉE.

... Ah, Creufa, pieta !	... Ah, Creüse, ayez pitié !
La Chiede al tuo bel core	Une infortunée qui meurt,

Nelle ultime miferie	A la derniere extrêmité,
. . . Una che muore. . .	La demande à votre cœur gé-
	néreux.
Dircea fon' io,	. . . . Je fuis Dircée,
Vado, à morir;	Je vais mour'r ;
Pieta. . . Ma non per me;	Par pitié... mais non pour moi;
Salva, proteggi	Sauvez, protégez
Il povero Timante.	Le pauvre Timante :
Egli fi perde per falvar mi.	Il fe perd pour me fauver.

C R É U S E.

. . . A morir vicina,	. . . Si près de mourir ;
Come penfar puoi	Comment peux tu penfer
Tanto al fuo ripofo ?	Tant à fon repos ?

A I R :

D I R C É E.

Se tutti i mali miei	Si je pouvois te dire
Io ti poteffi dir,	Tous mes maux,
Divider ti farei	Je briferois ton cœur
Per tenerezza il cor ;	De tendreffe ;
In quefto amaro paffo	Dans ce pas amer
Si giufto è il mio martir ,	Ma douleur eft fi jufte ;
Che fe tu foffi un faffo ,	Que fuffes-tu un rocher,
Ne piangerefti ancor.	Tu en pleurerois encore.

Elle fuit les Prêtres.

S C E N E   V I I I.

CRÉUSE *feule, & enfuite* CHERINTE.

C R É U S E.

. . . QUESTI infelici	. . . CES infortunés
S'aman da vero;	S'aiment véritablement;

E la cagion fon' io ! . Ah ! no. Et je suis la cause ! .. Ah ! non,
Si trovi qualche via Trouvons quelque moyen.
. . . Cherinto ? . . . Cherinte ?

CHÉRINTE.

. . Il mio germano è fangue ? . . . Eft-ce le fang d'un frere ?. .

CRÉUSE.

Or' defio di falvarlo : Maintenant je defire le fauver:
Al fagrifizio Au f crifice
Gia Dircea s'incammina ; Déjà Dircée s'achemine ;
Grazia per lei Je vais implorer
Ad implorare io vado. Grace pour elle.

CHÉRINTE.

. . . Oh degna cura . . . O digne foin.
D'un anima Reale ! D'une ame Royale :
Ah ! se non foffi Ah ! fi vous n'étiez pas
Si tiranna con me. Si cruelle pour moi !

CRÉUSE.

È quefto cor diverfo Ce cœur eft différent
Da quel che tu credefti . . . De ce que tu as cru. . .
. . Troppo faper vorrefti. . . . Tu voudrois trop fa oir.

AIR:

CHÉRINTE.

No, non chiedo, amate Non, je ne demandes point,
stelle ! Etoiles aimées (1) !
Se nemiche ancor mi fiete ; Si vous m'êtes encore ennemies;
Non è poco, o luci belle, Ce n'eft pas peu, ô belles lumieres,

(1.) *Ou beaux yeux, Expreffion Italienne.*

Ch'io ne poſſa dubitar.	Que j'en puiſſe douter.
Chi non ebbe hore mai liete,	Qui n'eut jamais d'heures heureuſes,
Chi agli affanni hà l'a'ma avvezza	Qui aux chagrins a l'ame accoutumée,
Crede acquiſto una dubbiezza	Croit acquerir lorſqu'il obtient un doute,
Ch'e principio allo ſperar.	Qui eſt un commencement d'eſpérance.

SCENE VIII. (1)

CRÉUSE, ſeule.

Se immaginar poteſſi	Si tu pouvois imaginer
Quanto mi coſta	Combien me coûte
Queſto finto rigor...	Cette feinte rigueur...
Ma deſtinata	Mais deſtinée
Al Regio erede,	A un héritage Royal,
Ho da ſervir Vaſſalla ?	Dois-je ſervir Vaſſale ?...
No; non conſente	Non, non, ma vertu, ma gloire,
...La virtu, la gloria mia.	n'y conſentent pas.

(1) Il eut été mieux de ſupprimer cette derniere Scene, & même l'Ariette que chante Cherinte à la fin de la précédente. Il n'eſt pas naturel que Créuſe & Cherinte, animés du deſir de ſauver Timante & Dircée, perdent le tems à chanter, tandis que l'infortunée eſt trainée au Temple ; mais comme il ſe peut que ces Airs ſoient dignes de la curioſité des Amateurs, on peut par ce motif tolérer cette déraiſon ; ſinon il ſera bon de les ſupprimer. Il n'eſt pas rare de trouver chez les Poëtes Italiens ces ſortes de diſparates ; ſouvent un Roi, preſſé d'aller appaiſer une ſédition, qui peut lui coûter l'Empire & la vie, s'amuſe à chanter un grand Air de menaces longues & fort répétées.

A i r :

Felice età dell'oro	Heureux âge d'or,
Bella innocenza antica,	Belle innocence antique,
Quando al piacer nemica	Quand la vertu n'étoit point
Non era la virtù.	L'ennemie du plaisir.
Dal fasto e dàl decoro	Du faste & de la bienséance
Noi ci troviamo oppressi	Nous nous trouvons opprimés,
E ci formiam noi stessi	Et nous formons nous-mêmes
La nostra servitù.	Notre servitude.

Le Théatre change, & présente l'intérieur d'un Temple. Au milieu est un Sanctuaire circulaire, dans lequel on voit la statue d'Apollon.

On apperçoit dans le fond les Gardes ; ensuite vient une marche de Prêtres faisant le tour du Temple. Dircée les suit, soutenue par plusieurs femmes ; elle est couronnée & ornée de guirlandes de cyprès, comme une victime destinée à la mort.

On l'entraîne au pied de l'Autel ; les Prêtres font les libations ; on apporte les vases pour recevoir le sang ; enfin le sacrifice est prêt à être consommé. Un grand bruit se fait entendre : Timante accourt à la tête de ses amis ; les Gardes sont repoussés & obligés d'abandonner la victime. Timante renverse l'Autel, les vases & tous les instrumens du sacrifice ; s'empare de Dircée, & l'amene sur le devant du Théatre.

Cette Scene est entierement Pantomime.

S C E N E I X.

TIMANTE, DIRCÉE, LES PRÊTRES, &c.

T I M A N T E.

⁃ ⁃ . Vieni, mia vita,	Viens, ô ma vie,
. . . Vieni fei falva . . .	. . . Viens tu es fauvée.

D I R C É E.

⁃ ⁃ . Ah! che facefti ? . .	. . . Ah! qu'as-tu fait ?

T I M A N T E.

Io feci quel che d vea . .	J'ai fait ce que je devois.
Ah Sp fa ! . . . fugiamo.	Ah, mon Epoufe ! fuyons.

D I R C É E.

⁃ ⁃ . E il Figlio.	. . . . Et notre Fils.

T I M A N T E.

⁃ . . Ritornerò per lui.	. . . Je reviendrai pour lui.

Au moment où il fe difpofe à partir, une nouvelle troupe de Gardes fe préfente ; ils font armés de piques, & rangés en bataillon ferré, & faifant face des deux côtés, féparent les Amis de Timante d'avec lui & Dircée. Le Roi paroît.

S C E N E X.

DÉMOPHON, TIMANTE, DIRCÉE.

D I R C É E.

⁃ ⁃ . Miseri noi!	. . . Malheureux que nous fommes !

T I M A N T E.

⁃ ⁃ . Col ferro	. . . Avec le fer

Una via t'apriro.	Je t'ouvrirai un chemin.
Sieguimi.	Suis-moi.

DÉMOPHON.

. . . . Indegno . . .	. . . . Indigne . . .

TIMANTE.

. . . . Ah ! Padre.	. . . Ah ! mon Pere.

DÉMOPHON.

. . . Perfido Figlio.	. . . Fils perfide. . .

TIMANTE.

Alcuno non s'appreffi	Qu'aucun ne s'appro.he
A Dircea.	De Dircée.

DÉMOPHON.

. . . No, Cuftodi,	. . . . Non, Gardes,
Non fi ftringa in ribelle:	N'entourez point le rebelle :
Al fuo furore fi lafci il fren.	Laiffez un frein libre à fa fureur.
. . . In quefto petto immergi	Dans mon fein , plonge
Quel ferro, O traditor ! . .	Ce fer . . . O traître !

TIMANTE.

. . . . Oh Dio !	. . . . Oh Dieu !

DÉMOPHON.

Chè ti trattiene ?	Qui te retient ?
Forfe il vedermi	Peut-être de me voir
La deftra arma a;	La main armée.
Ecco l'acciarora terra.	Voici l'épée à terre.
Altro a compir non refta	Il ne te refte plus
Che , del paterno fangue	Que de préfenter à ton Amante
Fumante ancor ,	Ta fcélérate main
La fcellerata mano	Fumante encore
Porgere alla tua bella.	Du fang paternel.

TIMANTE.

. . . Ah ! Padre !	. . . Ah ! mon Pere ;
Con quei crudeli accenti	Avec ces cruels accens
L'anima mi trafigi.	Vous me percez l'ame.
Il Figlio reo,	Ce Fils criminel ,
Il colpevole acciaro ,	Ce fer coupable ,
Ecco al tuo piè.	Les voici à vos pieds.

DÉMOPHON.

. . . . A' lacci	. . . Présente aux liens
Quella destra ribel'e Porgi.	Cette main rebelle.

TIMANTE.

Dove son le catene ?	. . . Où sont les chaînes ?
Ecco la man',	Voici mes mains.

DÉMOPHON.

. . . All' oltragiato Nume	. . . Au Dieu outragé
La vittima si renda ,	Qu'on rende la victime ,
E me presente si sveni.	Et moi présent, qu'on la frappe.

TIMANTE.

Ah ! chio non posso	. . . Ah ! je ne puis
Difenderti.	Te défendre.

DIRCÉE.

Quante volte in un dì	Combien de fois en un jour
Morir deggio ?	Dois-je mourir ?

TIMANTE.

Mio Rè, mio Genitor	Mon Roi, mon Pere ;
Pieta. . .	Ayez pitié . . .

DÉMOPHON.

La chiedi in van.	Tu la demandes en vain.

TIMANTE.

Ch'io mi vegga	Que je voie
Svenar Dircea	Egorger Dircée
Su gli occhi !	Sous mes yeux !
Sacri Miniftri , udite ;	Miniftres facrés. Ecoutez ;
Sentimi, o Padre :	Entendez-moi , ô mon Pere,
Effer non può Dircea	Dircée ne peut être
La vittima richiefta	La victime demandée :
Il fagrifizio	Le facrifice
Sacrilego faria.	Seroit facrilege.

DÉMOPHON.

... Per quale ragione ?	... Par quelle raifon?

TIMANTE.

.Che domanda il Nume ?	Que demande le Dieu ?

DÉMOPHON.

D'una vergine il fangue	.. Le fang d'une vierge.

TIMANTE.

Ella è Moglie,	... Elle eft Femme ;
Ella è Madre,	Elle eft Mere ;
È mia Conforte.	... Elle eft mon Epoufe.

DÉMOPHON.

Numi poffenti ,	... Dieux puiffans ,
Che afcolto mai ?	... Qu'entends-je ?

Aux Prêtres.

L'incominciato Rito ...	Sufpendez
Sofpendete	La cérémonie commencée.

Tous reftent confternés ; le Roi s'écarte vers le fond du Théatre ; le Grand Prêtre lui parle: fur un figne de confentement que le Roi lui accorde , il va

vers

vers le Sanctuaire, & fait apporter le Livre des Loix, où l'on voit écrit *Leggi*, & montrant les ftatues des Rois prédéceffeurs, qui décorent le Temple.

Le Grand-Prêtre dit :

« E lor la Leggè
» Che condanna à morir
» Spofa Vaffalla
» Unita al Real germe.

« C'eft d'eux que vient la Loi
» Qui condamne à mourir
» Une Epoufe Vaffale,
» Unie au fang Royal »

DÉMOPHON.

. . . Perfido Figlio ! . .

. . . Fils perfide !

DIRCÉE.

. . . Non fdegnarti con lui;
Io fui che troppo
Mi ftudiai di piacergli,
Io lo feduffi.

Ne vous irritez point contre lui;
C'eft moi qui me fuis trop
Étudiée à lui plaire.
Je l'ai féduit.

TIMANTE.

. . . Non crederle;
E colpa mia
La fua condefcendenza.

. . . Ne la croyez point;
Sa condefcendance
Eft ma faute.

Le Roi femble s'attendrir, mais bientôt il s'écrie :

DÉMOPHON.

Ah! troppo grandi
Sono i lor falli;
E debitor fon' io
D'un grand' efempio al
    mondo.
In carcere diftinto,
Si ferbino al caftigo.

Ah! leurs crimes
Sont trop grands;
Et je dois
Un grand exemple au monde.

Dans une prifon féparée
Qu'ils foient réfervés au châ-
    timent.

D

TIMANTE.

Almen congiunti...   Qu'au moins réunis...

DIRCÉE.

Congiunti almen   Qu'unis au moins
Nelle sventure estreme.   Dans nos malheurs extrêmes.

DÉMOPHON.

Sarete,   ... Vous serez,
Anime ree;   Ames criminelles,
Sarete insieme.   Vous serez ensemble.

AIR:

Perfidi, già che in vita   Perfides, puisqu'en cette vie
V'accompagnò la sorte,   Le sort vous a unis:
Perfidi, no, la morte   Perfides, non, la mort
Non vi scompagnera.   Ne vous désunira point.
Unito fu l'errore,   Le crime vous fut commun,
Sara la pena unita,   La peine vous sera commune,
Il mio giusto rigore   Ma juste rigueur
Non vi distinguera.   Ne vous distinguera point.

Il sort.

SCENE XI.
TIMANTE, DIRCÉE.

DIRCÉE.

...Sposo...   ...Mon époux...

TIMANTE.

... Conforte...   ... Mon épouse.

DIRCÉE.

E tu per me ti perdi!   Et pour moi tu te perds!

TIMANTE.

E tu mori per me!	Et tu meurs pour moi!

DIRCÉE.

Chi avrà pin cura	Qui déformais aura foin
Del noftro Olinto ?	De notre cher Olinte ?

TIMANTE.

Ah! qual momento!	Ah! quel moment!

Il y a ici dans Metaftafio une efpece de défi , à qui montrera plus de courage. Ce jeu a paru petit & déplacé : fi cependant il a donné lieu à quelque beau morceau de Mufique , on pourra le rétablir.

TIMANTE.

. . . Ah! fermati . . .	. . . Ah! arrêtes-toi.

DIRCÉE.

. . . Che vuoi?	. . . Que veux tu ?

AIR:

TIMANTE.

La deftra ti chiedo ,	Je demande ta main ;
Mio dolce foftegno ,	Mon doux foutien!
Per ultimo pegno	Pour dernier gage
D'amore , e di fè.	D'amour & de fidélité.

DIRCÉE.

Ah quefto fu il fegno	Ah! ce fut-là le figne
Del noftro contento !	De notre contentement :
Ma fento che adeffo	Mais je fens qu'à préfent
L'ifteffo non è.	Il n'eft plus le même.

TIMANTE.

Mia vita ! ben mio ...	O, ma vie! ô mon bien . . .

DIRCÉE.

Addio, sposo amato.   Adieu, époux aimé.

ENSEMBLE.

Che barbaro addio !   Quel barbare adieu !
Che fato crudel !   Quel déstin cruel !
Che attendono i rei   Qu'attendront les coupables
Dagli Astri funesti ,   Des Astres funestes ,
Se i premi son questi   Si c'est là le prix
D'un alma fedel ?   D'une ame fidele ?

On les emmene.

Fin du second Acte.

ACTE TROISIEME.

SCENE toute pantomime.

Qui se passera assez dans l'enfoncement du Théatre, pour qu'on puisse supposer que les Acteurs parlent, mais qu'ils ne sont point entendus.

Le Théatre représente un des appartemens du Palais. Le Roi y est environné de toute sa Cour & plongé dans la douleur. Il montre souvent des mouvemens successifs de pitié & de colere. Les Grands du Royaume & les Femmes d'un rang distingué entourent le Roi, le pressent, & tous demandent la grace de Dircée & de Timante. Le Roi est quelquefois ému ; mais il paroît déterminé à rejetter leurs prieres. Créüse supplie, le Roi semble balancer ; Cherinte survient, & présente Dircée & le jeune Olinte : cet enfant embrasse les genoux de son aïeul : le Roi ne peut résister à l'attendrissement qu'il éprouve ; il embrasse l'enfant, & fait connoître que tout est pardonné.

Cherinte part aussi-tôt pour annoncer cette nouvelle à son frere. Le Roi se retire dans l'intérieur de son Palais, & est reconduit par toute sa Cour, qui témoigne la plus grande joie.

Pour animer cette Pantomime, & la rendre plus intelligible, plusieurs des Acteurs du Chœur, placés sur le devant du Théatre, laisseront échapper les Phrases suivantes, à mesure que la Pantomime se développera.

On suppose trois Interlocuteurs.

Premier.

Inutilmente	Inutilement
Ogn'uno s'affanna.	Chacun s'afflige....

Lorsque Créuse demande sa grace.

Second.

Di quell' anima bella	De cette belle ame
Tu non conosci i pregi.	Tu ne connois pas le prix.

Troisieme.

Come scema	Comme elle diminue
L'orror del fallo suo.	L'horreur de ce forfait...

Premier.

Per quante strade e quante,	Par combien de voies
Il cor gli ricerca!...	Elle remue son cœur !

Second.

Se stessa offesa	Elle lui propose pour exemple
Gli propose in esempio.	L'offense qu'elle a éprouvée.

Troisieme.

Il Rè cede... si radolci...	Le Roi cede ... il s'adoucit...
La nuora solleva ...	Il releve sa belle-fille ....
Si strinze al petto	Il serre contre son sein
L'innocente Bambin,	L'innocent enfant.....
S'intenerisce ...	Il s'attendrit ....
Piange con noi.	Il pleure avec nous.

S C E N E   I I.

Le théatre change, & présente l'intérieur d'une prison.

TIMANTE, ADRASTE.

TIMANTE.

E speri ch'io voglia,	Et tu esperes que je veuille,
Quando muore Dircea,	Quand Dircée meurt,

Serbarmi in vita.	Conserver ma vie.

ADRASTE.

. . . L'iftefla	Dircée elle même
Tua Dircea lo propone . . .	T'en follicite . . .
Io per falvarti . . .	Moi, pour te fauver . . .

TIMANTE.

Chi di viver mi parla,	Qui me parle de vivre,
È mio nemico.	Eft mon ennemi.

AIR:

ADRASTE.

Non odi configlio;	Tu n'écoutes point de Confeil;
Soccorfo non vuoi;	Tu ne veux point de fecours;
È giufto fe poi	C'eft juftice, fi après
Non trovi pieta.	Tu ne trouves point de pitié.
Chi vede il periglio.	Qui voit le péril,
Nè cerca falvarfi;	Et ne cherche pas à s'en fauver,
Ragion' di lagnarfi	N'a point de raifon de fe plaindre
Del fato non ha.	Du deftin.

Il fe retire.

SCENE III.

TIMANTE, CHERINTE.

TIMANTE.

PERCHE bramar la vita?	POURQUOI defirer la vie,
Ah! fi mora una volta.	Ah! mourons une fois.

CHÉRINTE.

. . . Amato Prence.	. . . . Prince chéri.

Div.

TIMANTE.

Così sereno in volto	Et c'est avec un visage aussi
	serein
Mi dai	Que tu me donnes
Gli estremi amplessi ?	Les derniers embrassemens !

CHERINTE.

Che amplessi estremi ?	Quels derniers embrassemens ?
Tu sei d'ogni mortal,	Tu es des mortels
Il piu felice.	Le plus heureux.
Placato il Padre,	Mon Pere est appaisé ;
Ti rende la tenerezza sua,	Il te rend sa tendresse,
La Sposa, il Figlio.	Ton Epouse, ton Fils.

TIMANTE.

Cherinto ! par pietà,	Cherinte ! . . par pitié :
Troppe son queste	. . . C'est trop . . .
Troppe gioie in un punto.	Trop de joie en un moment.

CHERINTE.

. . . Non dubitar . . .	. . . N'en doutes point ;
Comparve Creusa	Créüse est accourue
In tuo soccorso.	A ton secours . . .

TIMANTE.

Creusa che oltraggiai !	Créüse que j'ai outragée !

CHERINTE.

. . . Creusa ! . . .	. . . . Créüse !
Quand'io m'avvidi	Quand je m'apperçus
Che il Genitor già vacillava,	Que mon Pere vacilloit ;
[Il Ciel m'inspirò]	[Le Ciel m'inspira] ;
Cerco Dircea con Olinto ;	Je cherchai Dircée & Olinte ;
Al Regio ciglio presento,	Aux regards du Roi

E Madre e Figlio.	Je préfentai & la Mere & le Fils;
Quefto tenero affalto	Ce tendre affaut
Terminò la vittoria.	Termina la victoire.

TIMANTE.

Oh mio dolce Germano!	. . . O mon Frere!
Oh caro Padre mio!	O Pere chéri ! . .
Andiamo a lui . . .	Allons à lui . . . . .

CHERINTE.

No, il fortunato avifo	Non, il veut lui-même
Recarti ei vuol.	T'apporter cette heureufe nou-
	velle.

TIMANTE.

E tanto amore ha per me!	Et il a tant d'amour pour moi!
Poteffi almeno	Si je pouvois au moins
Di lui col Rè di Frigia,	Dégager fa foi
Defimpegnar la fè!	Avec le Roi de Phrygie.
Ah! falva l'onor fuo;	Ah! fauves fon honneur.
La man di Spofo offri	Offre la main d'Epoux à Créüfe
A Creufa, in vece mia.	En place de la mienne.

CHERINTE.

. . . Che mi proponi?	. . . Que me propofes-tu?
Io l'amo quanto amar	Je l'aime
Si può mai . . .	Autant qu'on peut aimer . . .
ma . . .	mais . . .

TIMANTE.

. . . Che ?	. . . . . Quoi ?

CHERINTE.

Al fucceffor Reale	. . . A l'héritier du Trône
Sai che fu deftinata,	Tu fais qu'elle fut deftinée ;
Io non folo tale.	Je ne le fuis point.

TIMANTE.

. . . La paterna fede
Defimpegna, ô german'.
Tu fei l'erede.

Dégage la foi de mon Pere,
O mon Frere,
Tu es l'héritier.

CHERINTE.

. . . . Io !

. . . . . Moi !

TIMANTE.

. . . Gia lo farefti,
S'io non vivea per te ?
Il Genitor almeno . . .
Non vedremo arroffir.
Poffo far me per lui ?
Che cofa è un Regno,
A parangon di tanti beni
Ch'egli mi rende ?

Ne le ferois-tu pas déjà,
Si je ne vivois pas par toi ?
Au moins nous ne verrons pas
Rougir notre Pere.
Puis-je faire moins pour lui ?
Qu'eft-ce qu'un Royaume,
En comparaifon de tant de biens,
Qu'il me rend ?

CHERINTE.

. . . Ah ! perde affai,
Chi lafcia una Corona !

Ah ! celui là perd beaucoup,
Qui laiffe une Couronne !

TIMANTE.

Sempre è piu
Quel che refta,
A chi la dona.

Ce qui refte
A celui qui la donne
Eft bien au-deffus.

AIR:

CHERINTE.

Nel tuo dono, io veggo affai
Che del don maggior tu fei ;

Niffun Trono invidierei
Come invidio il tuo grand'-
cor.

Dans ce don, je vois affez
Que tu es plus grand que le don
même ;

Je n'envierois aucun Trône,
Comme j'envie ton grand cœur.

Mille moti in un momento	Tu reveilles en ce moment
Tu mi fai svegliar nel petto,	Mille mouvemens dans mon sein ,
Di vergogna , di rispetto,	De honte , de respect ,
Di contento , e di stupor.	De satisfaction & d'étonnement.

Il sort.

S C E N E I V.

MATUSIO , TIMANTE *tenant un papier.*

T I M A N T E.

SEI tu, Matusio ! Ah ! scusa,	EST-CE toi, Matusio ? Excuses
Se in vano al mar	Si tu m'as inutilement
Tu m'attendesti.	Attendu vers la mer.

M A T U S I O.

Ti scusa il luogo.	. . . Le lieu t'excuse.

T I M A N T E.

Gran cose, amico ,	J'ai de grandes choses, ami ,
Gran cose ti diro...	De grandes choses à te dire...

M A T U S I O.

Forse piu grandi	Peut-être tu en entendras de moi
Da me ne ascolterai ...	De plus grandes encore ...
Dircea non è mia Figlia ,	Dircée n'est point ma Fille ,
È tua Germana.	Elle est ta Sœur.

T I M A N T E.

... Mia Germana Dircea !	. . . Ma Sœur Dircée !
[Ah nol permetta il Ciel] !	[Que le Ciel ne le permette pas] !

MATUSIO.

. . . Fede ficura
Quefto foglio ne fa.
Morendo, chiufo mel' diè
La mia Conforte ;
È volle giuramento da me
Che, tolto il cafo che à
    Dircea
Sovraftaffe alcun periglio,
Aperto non l'avrei . . .
Quando à fuggir m'accinfi,
Fra le cofe le piu care

Il ritrovai . . . .

. . . Ce papier en donne
Une foi affurée.
Mon Epoufe en mourant
Me le donna fermé ,
Et voulut de moi un ferment ,
Que hors le cas où a Dircée

Il furvint quelque péril,
Je ne l'ouvrirois point . . .
Quand je me préparai à fuir,
Entre les chofes les plus pré-
    cieufes ,
Je le retrouvai . . .

TIMANTE.

. . . Oh Stelle !

. . . O Ciel !

MATUSIO.

Vedi ch'è il foglio
Di propria man
Della Regina impreffo?

. . . Vois que ce papier
De la propre main de la Reine
Eft écrit.

TIMANTE.

[Mi trema il cor].

« Non di Matufio è Figlia,

» Ma del tronco reale
» Germe è Dircea.
» Demofoonte è il Padre,
» Nacque da me:
» Come cambiò fortuna,

[Le cœur me tremble].

« Dircée n'eft point Fille de
    » Matufio ;
» Mais elle eft du fang Royal ;

» Démophon eft fon Pere ;
» Elle naquit de moi :
» Comment elle a changé de
    » fortune ,

» Altro foglio dirà. » Un autre écrit le dira :
» Quello si cerchi « Qu'on le cherche
» A piè del Nume, » Aux pieds du Dieu,
» La dove altri non osa » Là où aucun autre n'ose
 » accostarsi » s'approcher,
« Che il Sacerdote. » Que le Grand Prêtre ».

M A T U S I O.

Tu tremi, ô Prence ! Vous tremblez, ô Prince !

T I M A N T E.

[Omnipotenti Dei ! [Dieux tout puissans
Che colpo è questo] ? Quel coup est celui-ci] ?

Il s'éloigne.

M A T U S I O.

Quanto le menti umane Combien les esprits humains
Son mai varie fra lor ! Sont variés entr'eux !
Lo stesso evento Le même événement
A chi reca diletto, Apporte à l'un du plaisir,
A chi tormento. A l'autre du tourment.

A I R :

Ah che nè mal verace Ah ! il n'est ni vrais maux,
Nè vero ben si da ; Ni vrais biens ;
Prendono qualità Ils prennent leurs qualités
Da' nostri affetti. De nos affections.
Secondo in guerra o in pace Selon qu'en guerre ou en paix
Trovano il nostro cor, Ils trouvent notre cœur,
Cambiano di color Tous les objets
Tutti gli oggetti. Changent de couleur,

SCÈNE V.

TIMANTE *seul.*

MISERO me!..	MALHEUREUX!..
Le chiome in fronte	Je sens dresser
Mi sento sollevar.	Mes cheveux sur ma tête.
Figlio e nipote Olinto ;..	Olinte mon Fils & mon neveu.
Dircea Moglie	Dircée mon Epouse
E Germana!...	Et ma Sœur!...
I nostri affetti,	Nos amours!
Che orribili memorie	De quelle horrible mémoire
Saran per noi!...	Ils feront pour nous!
Che mostruoso oggetto	Quel monstrueux objet
A me stesso io divengo!	Je deviens à moi-même!
Odio la luce...	Je hais la lumiere ;
Al piè tremante	Sous mes pieds tremblans
Parmi che manchi il suol.	La terre semble se dérober.

SCÈNE IV.

DÉMOPHON, TIMANTE, DIRCÉE, CRÉUSE, ADRASTE & OLINTE.

CRÉUSE.

... TIMANTE.	... TIMANTE...

TIMANTE.

... Ah! perchè mai	... Ah! pourquoi
Morir non mi lasciasti?	Ne m'avoir pas laissé mourir?

DÉMOPHON.

... Amato Figlio!	... Fils chéri!

Ah no , con questo nome	Ah ! non ; de ce nom
Non chiamarmi piu.	Ne m'appellez jamais.

CREUSE.

Forse non sai . . .	. . Peut-être ne sais-tu pas ? . . .

TIMANTE.

Troppo... troppo ho saputo...	J'ai trop... trop su . . .

DÉMOPHON.

Un caro amplesso :	Un tendre embrassement :
. . . T'involi	. . . Tu t'échappes
Dalle paterne braccia.	Des bras paternels.

TIMANTE.

Ardir non h'o	Je n'ai pas le courage
Di rimirarti in faccia.	De vous regarder en face.

DÉMOPHON.

Ma che avenne ?	Mais qu'est-il arrivé ? . . .

ADRASTE.

Ecco il tuo Figlio.	Voici ton Fils.

TIMANTE.

Dagli occhi	. . . De devant les yeux
Toglimi quel bambin'.	ôtes-moi cet enfant.

DIRCÉE.

. . . Sposo adorato.	. . . Epoux adoré !

TIMANTE.

Parti, parti, Dircea !	Eloignes-toi, Dircée !

DIRCÉE.

Da te mi scacci ,	Tu me chasses d'auprès de toi,
In dì così giocondo !	Dans un jour si heureux !

TIMANTE.

| Dove, Mifero me, | Où, Malheureux, |
| Dove m'afcondo? | Où me cacher ? |

DIRCÉE.

| Ferma. . . . | Arrête . . . . |

DÉMOPHON.

| . . . Senti. . . | . . . Ecoute . . . |

TIMANTE.

Ah! voi credete	Ah! vous croyez
Confolarmi, crudeli;	Me confoler, cruels;
E m'uccidete.	Et vous me tuez.

DÉMOPHON.

| Ma da chi fuggi ? | Mais de qui fuis-tu? |

TIMANTE.

| Dagli uomini, da' Numi, | Des Hommes, des Dieux, |
| Da voi tutti, e da me. | De vous tous, & de moi-même. |

DIRCÉE.

| Ma dove andrai ? . . | Mais où iras-tu ? . . |

TIMANTE.

. . . Ove fepolta	Où ma mémoire
La memoria di me	Pour jamais
Sempre rimanga.	Refte enfevelie.

DÉMOPHON.

| E il Padre ? . . . | Et ton Pere ? . . . |

ADRASTE.

| E il Figlio ? . . . | Et ton Fils ? . . . |

DIRCÉE.

| E la tua Spofa ? . . | Et ton Epoufe? . . . |

Dolci

TIMANTE.

Dolci nomi agli altri;	Noms doux aux autres ;
Ma per me sono orrori...	Mais pour moi ils font horribles.
Scordatevi di me.	Ne vous souvenez plus de moi,

DIRCÉE.

Per que' soavi nodi ...	Par ces doux nœuds ...

TIMANTE.

Tu mi trafiggi l'anima,	Tu me perces l'ame,
E non lo fai ...	Et tu ne le fais pas.

DIRCÉE.

Almen ti muova il Figlio.	Au moins que ton Fils te touche.

TIMANTE.

... Così nol fosse !	Plût au Ciel qu'il ne le fût pas !

DIRCÉE.

Perchè lo sdegni ?	Pourquoi le dédaignes tu ?
A lui perchè nieghi	Pourquoi lui refuses-tu
Uno sguardo ?	Un regard ?
Osserva le pargolette palme,	Observe ses petites mains ;
Come solleva a te ;	Comme il les souleve vers toi !
Quanto vuol dirti	Combien ce rire innocent
Con quel riso innocente !	Veut te dire de choses !

TIMANTE.

Ah ! se sapesti,	Ah ! si tu savois,
Infelice Bambin,	Enfant infortuné,
Quel che saprai ;	Ce qu'à ta honte
Per tua vergogna un giorno,	Tu sauras un jour ;
Lieto così	Tu ne viendrois pas avec
Non mi verresti intorno.	Tant de joie autour de moi.

E

A I R :

Misero Pargoletto,	Malheureux Enfant,
Il tuo destin non sai.	Tu ne sais pas ton destin.
Ah! non gli dire mai	Ah! ne lui dires jamais
Qual' era il Genitor.	Quel étoit son Pere.
Come in un punto, oh Dio!	Comme en un moment, ô Dieu!
Tutto cambiò d'aspetto ;	Tout a changé d'aspect ;
Voi foste il mio diletto ;	Vous fûtes mon amour ;
Voi siete il mio terror.	Vous êtes ma terreur.

Il sort.

S C E N E   V I I.

D É M O P H O N ,   *& les Acteurs précédens.*

D É M O P H O N,

Sieguilo, Adrasto.	Suis-le, Adraste.
Ah chi di voi mi spiega?	Ah! qui de vous m'expliquera?
. . Almen sapessi . .	Au moins si je savois
Qual ruina sovrasta,	Quelle ruine me menace ;
Qual riparo apprestar.	Quel rem art y opposer !
Numi! fate almen	Dieux! faites au moins
Ch'io conosca il mio periglio.	Que je connoisse mon péril.

A I R :

Odo il suono de' queruli	J'entends le son des accens
accenti ;	plaintifs ;
Vedo il fumo che intorbida	Je vois la fumée qui trouble
il giorno ;	le jour ;
Strider sento le fiamme	J'entends le bruit des flammes
d'intorno ;	autour de moi ;
Nè comprendo l'incendio	Et je ne puis comprendre
dov'è.	où est l'incendie.

La mia tema fa' il dubbio maggiore;	Ma crainte augmente mon doute;
Nel dubbio s'accrefce il timore,	Et mon doute accroît ma crainte,
Tal ch'io perdo, per troppo fpavento,	Tellement que je perds par trop d'épouvante
Qualche fcampo che v'era per me.	Les moyens qu'il y auroit de m'échapper.

Il fort.

SCENE VIII.

DIRCÉE, CRÉUSE.

CRÉUSE.

E tu Dircea:	Et toi, Dircée,
Le attonite luci	Tes yeux étonnés
Non follevi dal fuol;	Ne fe levent point de deffus la terre;
Sfoga il duol che nafcondi;	Déploies le chagrin que tu caches;
Piangi, lagnati almen,	Pleures, plains-toi au moins;
Parla, rifpondi.	Parles, réponds.

AIR.

DIRCÉE.

Che mai rifponderti?	Que puis-je te répondre?
Che dir potrei?	Que pourrois-dire?
Vorrei diffendermi;	Je voudrois me défendre;
Fuggir vorrei;	Je voudrois fuir;
Nè fo qual fulmine	Je ne fcais quel foudre
Mi fa tremar.	Me fait trembler.
Divenni ftupida	Je fuis devenue ftupide

E ij

Nel colpo atroce;

No ho più lagrime,

Non ho più voce,

Non poſſo piangere,

Non ſo parlar.

A ce coup atroce;

Je n'ai plus de larmes,

Je n'ai plus de voix,

Je ne puis pleurer,

Je ne puis parler.

Elle s'éloigne.

SCENE IX.

DIRCÉE ſeule.

Qual terra è queſta?

Io perchè venni à parte

Delle miſerie altrui?

Quante in un giorno,

Quante il caſo ne aduna!

. . . Ma troppo, o forte!

E violento il tuo furor . . .

In coſì rea fortuna,

Parte è di ſpeme

Il non averne alcuna.

Quelle terre eſt celle-ci?

Pourquoi ſuis je venüe

Partager les malheurs d'autrui?

Combien en un jour,

Combien le ſort en raſſemble!

. . . Mais, ô deſtin!

Ta fureur eſt trop violente.

Dans une fortune ſi cruelle

C'eſt une partie de l'eſpérance,

Que de n'en avoir aucune.

AIR:

Non dura una ſventura,

Quando a tal ſegno avvanza,

Principio è di ſperanza,

L'ecceſſo del timor.

Tutto ſi muta in breve;

E il noſtro ſtato è tale,

Che ſe mutar ſi deve,

Sempre ſarà miglior.

Un malheur ne peut durer,

Quand il eſt parvenu à un tel degré;

C'eſt le commencement de l'eſpérance,

Que l'excès de la crainte.

Tout ſe change en peu de tems;

Et notre état eſt tel

Que s'il ſe doit changer,

Ce ne peut être qu'en mieux.

Elle ſort.

Le Théatre change, & présente une partie du Palais, très-décorée.

SCENE X.

TIMANTE, CHERINTE.

TIMANTE.

Dove, crudel, dove mi guidi ?	Ou, cruel, où me conduis-tu ?

CHÉRINTE.

. . . Io non conofco,	Je ne reconnois plus
Più il mio German.	Mon frere :
Che debolezza !	Quelle foibleffe !
Senza faperlo	Enfin c'eft fans le favoir
Errafti al fin ;	Que tu as erré ;
Sei fventurato, è vero,	Tu es malheureux, il eft vrai,
Ma non fei reo.	Mais tu n'es point coupable.

TIMANTE.

Son reo pur troppo ;	Je ne fuis que trop coupable,
E fe fin or no'l fui,	Et fi jufqu'à préfent je ne l'ai pas été,
Lo divengo vivendo.	Je le deviens en continuant de vivre.
Lafciami per pietà,	Laiffes-moi par pitié ;
Lafcia ch'io mora.	Laiffes . . . Que je meure.

SCENE PANTOMIME.

Le Roi arrive, court à Timante & veut l'embraffer ; Timante fe dérobe à fes careffes. Une Mufique grave fe fait entendre. Matufio arrive avec le Grand Prêtre, qui eft fuivi de tout fon cortège ; deux Acolites apportent une petite caffette d'or, que

E iij

le Grand Prêtre préfente au Roi. Le Roi l'ouvre, &
en tire une lettre ; il en fait lecture à voix baffe,
entouré de fes Courtifans, qui paroiffent écouter
avec attention & refpect ; Matufio, qui eft de ce
nombre, après avoir entendu, accourt à Timante
avec empreffement.

S C E N E X I.

ADRASTE, MATUSIO, DIRCÉE, OLINTE,
& les Acteurs précédens.

MATUSIO.

FIGLIO mio, caro Figlio.	MON Fils, mon cher Fils.

TIMANTE.

A me tal nome !	A moi un tel nom !
Come ? Perchè ? . .	Comment ? Pourquoi ?

MATUSIO.

. . . Perchè mio Figlio fei,	Parce que tu es mon Fils ;
Perchè fon Padre tuo.	Parce que je fuis ton Pere.

DIRCÉE.

Non fuggirmi, ô Spofo ;	Ne me fuis point, ô mon Epoux ;
Tua Germana io non fon.	Je ne fuis point ta fœur.

TIMANTE.

Voi m'ingannate . . .	Vous me trompez . . .

DÉMOPHON.

Non t'ingannano,	Ils ne te trompent point :
E vero, è vero.	Cela eft vrai ; cela eft vrai.

TIMANTE.

Se mi tradifte adeffo	Si vous me trompiez mainte-
	nant,

Sarebbe crudeltà.

Ce feroit une cruauté...

DÉMOPHON.

Ti rafficura, no,	Raffures-toi, non,
Mio Figlio non fei.	Tu n'es point mon Fils.
Tu con Dircea	Tu fus changé avec Dircée,
Fofti cambiato in fafce.	Dès le berceau.
Ella è la mia prole,	Elle eft ma Fille,
Tu di Matufio.	Toi Fils de Matufio.
Alla di lui Conforte	A fon Epoufe
La mia ti chiefe in dono.	La mienne te demanda en don.
Utile al Regno,	Elle crut alors ce changement
Il cambio allor crede.	Utile à l'Etat.
Ma quando poi	Mais lorfqu'enfuite
Nacque Cherinto,	Cherinte naquit,
Al proprio Figlio il Trono	Elle s'apperçut qu'à fon propre Fils
D'aver tolto s'avide:	Elle avoit ôté le Trône :
A me l'arcano	Elle n'ofa point me découvrir
Non ardì palefar.	Ce fecret.
All'ore eftreme	Dans fes derniers momens,
Tutto il cafo	Elle laiffa par écrit
Scritto lafciò,	Tout le fait.

TIMANTE.

Non deludermi,	Ne me trompe pas,
O forte,	O fort,
Un' altra volta,	Une feconde fois.

E iv

SCENE XII & DERNIERE.

CRÉUSE, & les Acteurs précédens.

CRÉUSE.

Veraci fono.   SONT-ELLES vraies
Le felici novelle ? . .   Les heureufes nouvelles. . :

DÉMOPHON.

Si , Principeffa ;   Oui , Princeffe ,

Montrant Chérinte.

Ecco lo Spofo tuo.   Voici ton Epoux.
L'Erede , il Figlio ,   Je t'ai promis
Io ti promifi ;   Mon Héritier , mon Fils ;
Io t'offro   Je t'offre
Ed il Figlio , e l'Erede.   Et mon Fils & mon Héritier.

TIMANTE.

Dunque fon' io   Donc je fuis
Quell'innocente Ufurpator   Cet innocent Ufurpateur
Di cui l'Oracolo parlò.   De qui l'Oracle a parlé.

DÉMOPHON.

Come ogni nube fpari !   Comme tout nuage difparoît !

Une grande Gloire defcend du Ciel , où l'on voit
Apollon & les Mufes.

APOLLON *chante en récitatif.*

Libero è il Regno.   Le Royaume eft délivré.
Dall'annuo fagrifizio,   Du facrifice annuel.
* Al vero Erede   La Couronne retourne

---

* Dans l'Opéra de Métaftafio, ces paroles font dites par le
Roi : mais comme ce qui rend la Pantomime intéreffante eft
principalement la richeffe des tableaux, on a cru devoir en
tirer un grand fpectacle.

La Corona ritorna ;	Au véritable Héritier.
Cherinto acquifta	Cherinte acquiert
La fua Real Creufa.	Sa Princeffe Créüfe.

A Timante.

| Abbraci ficuro. | Embraffe avec fûreté |
| La tua Dircea. | Ta chere Dircée. |

TIMANTE.

O me Felice ! o Numi !	Que je fuis heureux ! ô Dieux !
Figlio , Conforte ,	Mon Fils , mon Epoufe ,
Tornate a quefto fen ,	Revenez dans mon fein ,
Poffo abbraciarvi	Je puis vous embraffer
Senza tremar.	Sans trembler.

Au Roi.

A piedi tuoi	A vos pieds
Eccomi un altra volta.	Me voici une autre fois.
Scufa gli ecceffi	Excufez les excès
D'un difperato amor.	D'un amour défefpéré.
Sarò miglior Vaffallo	Je vous ferai meilleur Sujet,
Che Figlio non ti fui.	Que je ne fus fils.

DÉMOPHON.

Sorgi ; tu fei	Levès-toi, tu es
Mio Figlio ancor.	Mon Fils encore :
Chiamami Padre ,	Appelles-moi ton Pere ;
Io voglio efferlo	Je veux l'être
Fin ch'io vivo.	Tant que je vivrai.

LE CHŒUR chante.

Par maggior ogni diletto	Tout plaifir paroît plus grand ,
Se in un' anima fi fpande	S'il fe répand dans une ame ,
Quand' oppreffa è del timor.	Quand elle eft oppreffée par la crainte.

Qual piacer farà perfetto,	Quel plaifir fera parfait,
Se conviene, per effer grande,	S'il convient pour être grand,
Che comminci dal dolor?	Qu'il commence par la douleur?

On peut joindre ici un grand Ballet, dont le fujet fera l'inftallation de Chérinte, en qualité d'Héritier du Trône, & la confirmation du mariage de Timante & de Dircée.

F I N.

OBSERVATIONS.

QUELQUES Perſonnes penſeront peut-être qu'on pourroit jouer des Pantomimes de cette eſpece avec des Paroles Françoiſes plus ſoignées & moins litté-rales, ce qui rendroit les Sujets plus intelligibles & plus intéreſſans ; mais n'auroit-on pas raiſon de dire, puiſque tu fais parler François, chantes auſſi en François. C'eſt pourquoi, rejettant cette idée trop diſparate, on ſuppoſe ici que tout ſeroit dit en Italien. On a lieu de croire qu'il ſeroit ſuffiſamment compris, au moyen de la Traduction facile à ſuivre dans les intervalles que procureroient la Muſique & le jeu Pantomime.

Le lieu le plus convenable eſt ſans doute le Théatre de l'Opéra, & la dignité des Poëmes ſemble l'exiger. Ce n'eſt pas qu'on n'en pût confier l'exécution au Théatre de la Comédie Italienne ; le cadre ſeroit plus petit, mais le tableau ne ſeroit pas moins intéreſſant. Dans les circonſtances préſentes, où il ſe rencontre à l'Opéra des Acteurs Italiens, il ſemble que c'eſt le moment le plus favorable pour en faire l'eſſai, il ne s'agiroit que de leur adjoindre quelque *Soprano*. Les Italiens, Pantomimes par nature, ſont remplis du ſentiment de l'expreſſion. Quoique ceux-ci ſoient plus exercés dans le genre Bouffon, on n'en doit pas conclure qu'ils ne puiſſent jouer dans le Sérieux & le Tragique : on n'eſt Comique, que quand on veut l'être.

Si d'ailleurs le projet de nous faire connoître ce qu'il y a eu de plus excellent en Muſique Italienne eſt utile & agréable, on a lieu de préſumer que, chez une Nation remplie de goût, cette curioſité & le

plaifir qui en doit réfulter , l'emporteroient fur
toutes les petites défeâuofités qu'on y pourroit trouver à d'autres égards.

La compofition de la Mufique d'une telle Pantomime exigera un travail affez confidérable ; mais on
ne doit pas craindre qu'il foit infruâueux , parce
qu'au moyen des changemens de Mufique des différens Maîtres qui fe font occupés des Poëmes de
Metaftafio , on peut efpérer un grand nombre de
repréfentations.

Il n'eft pas befoin d'ajouter qu'il faudroit que la
Mufique de la Pantomime , fans fe refufer aux occa-
fions de peindre fortement , fût néanmoins traitée de
maniere à laiffer fortir les Airs Italiens. Puifque le
but feroit de donner au Public la connoiffance de
la meilleure Mufique Italienne , il conviendroit de la
préfenter à fon avantage.

On croit auffi devoir obferver que dans un pareil
Speâacle , qui doit préfenter un afpeâ vraiment
Dramatique, grand & noble, il faudroit renoncer à
tous ces habits d'un goût mefquin , qui font ufités à
l'Opéra. Il conviendroit d'adopter des vêtemens où
la richeffe ne fût déployée qu'avec une fage écono-
mie ; enfin ce beau coftume que nous voyons dans
les ftatues antiques , & qui a tant de grace dans les
tableaux du Pouffin : on ne balance point à ajouter
qu'il faudroit que , non-feulement les habits fuffent
dirigés par quelqu'Artifte , homme de génie , mais
encore que fes foins s'étendiffent jufqu'aux décora-
tions, afin d'y préfenter des plans ingénieux qui
aidaffent à produire une difpofition belle & pitto-
refque dans les grouppes que formeroient les Per-
fonnages de la Pantomime.

On ne croit point fe livrer à trop de hardieffe , fi

l'on ose prédire des succès à ce genre de Spectacle ; on peut même s'en convaincre avec une sorte de certitude , si l'on considére céux qu'ont eu toutes les sortes de Pantomimes qu'on a osé tenter. Que ne doit-on pas attendre de celles dont les sujets nobles préfenteront des tableaux magnifiques & des situations touchantes , qui de plus feront claires & intéreffantes par les Phrafes déclamées, utiles à en donner le fens ? Il eft vrai qu'ici il n'y a pas l'intérêt de la belle Danfe ; elle y feroit même déplacée , comme détruifant toute vraifemblance ; mais en récompenfe, on y trouveroit l'intérêt , cher aux Amateurs , que fait naître la curiofité d'entendre des Ouvrages en Mufique, qui ont obtenu l'eftime de toute l'Europe.

FIN

FAUTES à corriger.

PAGE 13, *ligne* 9, I nomi Ioro, *lifez.* Ioro
Pag. 26, *ligne* 23, Nelle fratelle vene, *lif.* fraterne
Pag. 36, *ligne premiere*, I tuoi doveri, ei miei, *lif.* e i miei
Pag. 46, *ligne* 14, Non fi ftringa in ribelle, *lif.* il ribelle
Pag. id. *ligne* 24, Ecco l'acciarora terra, *lif.* L'acciaro à terra.
Page 58, *ligne* 12, Poffo far me per lui, *lif.* Far men per lui.

Par inadvertance, on a négligé de féparer les paroles des Airs
en deux ftrophes, comme elles font dans Métaftafio ; mais
cette faute n'entraîne ici aucune conféquence, parce que
ces paroles font pour des Airs de Mufique déjà compofés.

OUVRAGES NOUVEAUX.

www.ingramcontent.com/pod-product-compliance
Lightning Source LLC
Chambersburg PA
CBHW051225260626
47161CB00005BA/2154